LE FILS

D U

BOURREAU.

LE FILS

DU

BOURREAU,

PAR

C. J. ROUGEMAITRE.

TOME SECOND.

A PARIS,

Chez GERMAIN MATHIOT,

Libraire, Quai des Augustins, N° 13;

A BRUXELLES,

Même Maison de Commerce, Marché-aux-
Bois, N° 1310.

1818.

IMPRIMERIE DE LEBÉGUE,

Rue des Rats, N° 14, près la place Maubert.

LE FILS

DU

BOURREAU.

~~~~~~~~~~~~~~~~~~~~~~~~~~~~~~~~~~~~~~

CHAPITRE XVI.

Le Testament.

« Ouf ! dit la vieille Véronica, en
rentrant chez elle, où l'étranger semblait l'attendre avec une grande impatience ; ouf ! dit-elle, en se jetant
dans un fauteuil, je suis excédée de
fatigue et de chaleur. Mon fils, ouvrez ce buffet, et donnez-moi quelque

2.   I

rafraîchissement, ensuite je vous apprendrai de belles nouvelles ! »

L'étranger ouvrit le buffet, y prit
un verre et une bouteille qu'il débou-
cha, et se disposait à verser de la liqueur qu'elle contenait, lorsque Véronica s'écria avec effroi : Misérable !
tu veux donc m'empoisonner !

— Là, là ! comme vous criez ! Est-ce
que ce n'est pas du vin de Porto ?

— Eh non ! c'est le suc d'une plante
que je connais, c'est un poison lent,
mais certain. Le danger n'aurait pas
été bien grand pour moi, car j'en connais le remède. Serrez la bouteille,
nous pourrons en avoir besoin.

— Tenez, celui-ci est bien du vin
de Porto. Comment pouvez-vous être
assez négligente pour laisser traîner

des choses aussi précieuses? Un poison
lent! Mais c'est une véritable trou-
vaill e que cela! C'est un trésor. Eh
bien, vos nouvelles?

— Vous ne savez pas? Le vieux
Clarenville est arrivé depuis plusieurs
jours.

— Ah! tant mieux, cela va ache-
miner mes affaires. Est-ce là tout?

— Ce ne serait rien, puisque vous
vous y attendiez; mais ce que vous
étiez loin de prévoir, c'est qu'il a amené
avec lui un jeune homme qu'on dit fort
intéressant, et cela pourrait bien dé-
ranger votre projet.

— Un jeune homme intéressant?
Diable, cela ne m'arrange pas du tout.
Quel est-il? D'où vient-il? Que fait-il?
Comment se nomme-t-il?

— Il vient de France, voilà la seule
de vos questions à laquelle je sois en
état de répondre. On le nomme monsieur Charles, et on ne lui connaît pas
d'autre nom. Mais tous les nègres que
j'ai pu faire jaser, s'accordent à dire
que c'est un *superbe* homme, d'une
figure séduisante, et que Clarenville
le traite avec les plus grands égards et
la plus vive amitié. Vous sentez bien
que tous ces détails m'ont beaucoup
effrayée ; car enfin ce nouveau venu
est logé sous le même toit que votre
future, il a le cœur du père, peut-être
celui de sa femme, et de là à gagner
celui de la fille, il n'y a qu'un pas,
surtout s'il est aussi séduisant qu'on
le dit.

— Malédiction! si je croyais cela,

il n'aurait pas vingt-quatre heures à
vivre.

— Ah ! voilà comme vous êtes ; toujours d'une vivacité à tout tuer et à
tout gâter. De la prudence, mon ami,
du sang-froid : c'est avec cela qu'on
réussit.

— Vous me faites damner, avec
votre prudence, quand tout mon sang
bout dans mes veines. Quant à moi,
voici mon avis. Je ne donnerai pas le
temps à cet *Olibrius* de me couper
l'herbe sous les pieds. Demain, sans
plus tarder, je vais rendre ma visite
au vieux coquin, l'allécher en lui remettant le testament de Robert, et
profiter des premiers transports de sa
joie et de sa reconnaissance pour demander la main de sa petite pérou-

nelle. Je ne crains là-dedans que sa
pimbêche de femme : ces mères ont
un instinct de possédé, quand il s'agit
de leur fille : elles craignent de les voir
pleurnicher, au lieu qu'on s'arrange
mieux avec un homme. Quand un père
a mis dans sa tête de marier sa fille
avec quelqu'un qui lui convient, il
s'embarrasse fort peu des minauderies,
des simagrées et des lamentations
qu'elle peut faire.

— Il y a du bon et du mauvais dans
ce que vous venez de dire. Vous avez
parfaitement raison de craindre que
la mère ne soit le plus grand obstacle
à vos projets. Les femmes, comme
vous dites, ont un tact, un instinct
qui leur fait apprécier les hommes au
premier mot, à la première vue, et

comme vous savez ce que vous valez,
soit dit sans compliment, vous faites
bien de craindre la Clarenville. Mais,
d'un autre côté, gardez-vous d'aller
brusquement demander la fille en mariage, comme vous vous le proposez:
ce serait vous exposer à un refus certain, et dès-lors tout serait perdu. Il
faut auparavant gagner le père et se
débarrasser de la mère.

—Se débarrasser de la mère? cette
idée me sourit assez ! Je la tuerai donc?

— Voilà encore une extravagance.
Je la tuerai ! Et puis on vous arrêtera,
et puis on vous rouera, et puis vous
vous marîrez après, si vous le pouvez.
Laissez-moi le temps de réfléchir, pour
voir si je ne trouverai pas les moyens
de me servir de cette bouteille, dont

vous vouliez si généreusement me ré-
galer tout à l'heure : cela n'expose pas
du moins ; on a l'air avec cela de mourir de sa mort naturelle, et on n'excite
pas l'ombre du soupçon. Quant à pré-
sent, contentez-vous de vous présenter
chez Clarenville, avec le testament de
Robert. Vous savez votre leçon depuis
long-temps, je n'ai pas besoin de
vous la répéter. Je sais que ce
Clarenville aimait son frère Robert
comme un fou, vous lui montrerez
les lettres dans lesquelles vous avez
imité l'écriture du défunt à s'y mé-
prendre. Faites-vous violence pour
vous rendre un peu aimable ; pleurez
avec lui, vantez les vertus de Robert ;
une portion de l'amitié que Clarenville avait pour lui se reportera sur

vous; ne vous ouvrez pas; rendez-vous
rare, pour vous rendre nécessaire :
Clarenville vous recherchera, pour
s'entretenir avec vous de son frère.

— Avez-vous fini enfin ? Quel flux
de paroles! J'ai cru que vous n'en fini-
riez pas. Croyez-vous donc que je sois
assez novice pour ne pas savoir mener
une intrigue ? Laissez-moi faire, vous
serez contente de moi. »

Le lendemain après le déjeûner,
Charles, selon sa coutume, s'était re-
tiré dans sa chambre pour travailler;
monsieur Clarenville, son épouse et
sa fille étaient à causer ensemble,
lorsque leur conversation fut inter-
rompue par plusieurs voix qui sem-
blaient se disputer. — Madame a défendu de vous laisser entrer. — Je

vous dis qu'il faut absolument que je
parle à Monsieur. — Vous n'entrerez
pas! — J'entrerai de par tous les
diables!

— O mon Dieu, dit Elise, c'est
encore ce vilain homme aux yeux faux!
Je me sauve! Elle sortit précipitamment du salon. Monsieur Clarenville
se leva pour voir ce que c'était : il
allait vers la porte, lorsque l'étranger
entra malgré les efforts de plusieurs
nègres qui lui disputaient l'entrée.
Monsieur Clarenville fit signe aux
nègres de se retirer, et demanda à
l'étranger ce qu'il y avait pour son
service. Celui-ci, encore enflammé
de colère, et s'adressant à madame
Clarenville, lui dit :

— Madame, je croyais, dans ma

dernière visite , avoir suffisamment ré-
paré l'impolitesse de ma première,
pour ne pas craindre un semblable
traitement de la part de vos gens ;
mais je vois que vous avez de la rancune. Et vous , Monsieur , dit-il en s'a-
dressant à Clarenville , vous me par-
donnerez facilement d'avoir forcé la
porte, puisque je n'avais d'autre moyen
de parvenir jusqu'à vous , et de vous
faire part de la mission importante
dont je suis chargé de la part de monsieur votre frère.

— De mon frère! vous le connaissez ! Quand l'avez-vous vu ?

— Il y a six mois que pour satisfaire
au besoin le plus ardent de son cœur,
je le quittai pour venir dans ces climats;
il jouissait alors de la meilleure santé ,

et j'ai tout lieu de croire qu'il en est
de même encore aujourd'hui.

— Dieux! vous ignorez donc la
cruelle catastrophe qui a terminé ses
jours, et nous a plongés tous dans le
deuil et la désolation.

— Vous m'effrayez! Quoi! Vos habits de deuil.... Se pourrait - il !... Mon
protecteur, mon ami.... Permettez
que je prenne un siége, je n'en puis
plus. »

L'étranger se jeta dans un fauteuil,
se couvrit la figure de ses deux mains;
mais on devinera aisément que c'é-
tait moins pour cacher sa douleur,
que pour dérober aux regards des deux
époux, son visage, auquel il ne savait
quelle expression donner. Cependant
il poussait des soupirs à fendre le cœur,

et sanglotait de manière à faire croire qu'il était prêt à succomber sous le poids de son affliction. Ce moment fut extrêmement pénible, surtout pour monsieur Clarenville : il renouvela toutes ses douleurs, et ce ne fut pas sans verser des larmes, qu'il raconta à l'étranger la manière horrible dont on avait tranché les jours du meilleur des frères.

— Et vous dites que l'on n'a pu découvrir l'assassin ? Ne soupçonne-t-on personne de ce crime épouvantable ?

— Comme je vous l'ai dit, mon frère avant de mourir, m'a déclaré qu'il périssait de la main de Philippe, son domestique. Mais, malgré toutes mes recherches et celles de la justice,

ce monstre est introuvable ; mais,
vous-même, puisque vous connaissiez
particulièrement mon frère, vous avez
aussi dû connaître ses gens. Ne pour-
riez-vous me donner aucune lumière
sur ce scélérat de Philippe, que je
brûle de livrer entre les mains du
bourreau? Le sang de Robert crie
vengeance, et il ne peut l'obtenir.

— Comme monsieur Robert habi-
tait ordinairement sa maison de campagne, je ne le voyais guère qu'à Nantes,
où il venait toujours sans domestique :
je ne lui ai jamais entendu parler de
ce Philippe ; il n'est donc pas étonnant que je n'en aie aucune connaissance. Espérons que vous le trouverez
tôt ou tard. Mais venons maintenant
au sujet qui m'amène. Prenez d'abord

connaissance de cette lettre, c'est à vous qu'elle est adressée. »

Monsieur Clarenville prit des mains de l'étranger la lettre qu'il lui présenta: après avoir considéré le cachet. « Ah! dit-il, c'est bien le cachet du pauvre Robert! » Puis ayant jeté les yeux sur la lettre : « C'est bien son écriture, dit il. » La lettre, qu'il lut à haute voix, était à peu près conçue en ces termes :

MON FRÈRE;

« Monsieur Durivage, qui vous re-
« mettra cette lettre, est, après vous,
« celui que j'aime et que j'estime le
« plus au monde. C'est un jeune
« homme rempli d'honneur et de pro-
« bité, et auquel j'ai les plus grandes

« obligations. Il a perdu ses parens en
« bas âge, et c'est à son seul mérite
« et à sa bonne conduite seule qu'il doit
« la fortune assez considérable qu'il
« a acquise et qu'il possède. Je n'ai
« plus de fils : il m'en a souvent tenu
« lieu, et j'aurais eu le plus grand
« plaisir, de mon côté, à lui servir de
« père, en lui laissant ma fortune ;
« mais j'ai une nièce que je chéris ten-
« drement, quoique je ne l'aie jamais
« vue : c'est l'enfant de mon frère bien-
« aimé, elle sera mon héritière. Puisse-
« t-elle un jour rendre justice anx ver-
« tus de *mon ami* Durivage, et rem-
« plir le vœu le plus ardent de son
« oncle ! Je ne m'explique pas davan-
« tage sur ce point ; mon frère me
« comprendra, je laisse à sa sagesse

« et au temps le soin de faire le
« reste.... »

« Pardonnez, si je vous interromps ,
mais en vérité je ne reconnais pas là
le style de mon frère , dit madame
Clarenville. »

Durivage fit une grimace qui, aux
yeux d'un observateur attentif, aurait
pu passer pour un signe de frayeur ;
mais se remettant aussitôt : — Madame , répondit-il, pourrait-elle me
dire d'où lui vient ce doute ?

— C'est qu'ordinairement les lettres
de Robert étaient claires, et n'avaient
pas besoin d'interprétation ; et en vérité , il aurait bien pu nous expliquer
ce qu'il entendait par *le vœu le plus
ardent*, que mon époux *comprendra* ,
et que je ne comprends pas du tout.

Durivage fit une autre grimace et lança à madame Clarenville un regard où se peignait la haine la plus féroce; heureusement pour lui, personne n'y prit garde, et monsieur Clarenville mit fin à cette petite discussion, en disant avec un sourire mystérieux : « Je comprends fort bien l'intention de Robert; mais, ma chère épouse, ce n'est ici ni le lieu, ni le moment d'entrer en explication là-dessus, et comme dit mon frère, il faut laisser au temps le soin de faire le reste. »

Madame Clarenville n'avait elle-même que trop bien compris, et elle n'avait voulu amener une explication, que pour ôter toute espérance à Durivage, contre lequel elle partageait la prévention d'Elise; quoiqu'avec

moins d'antipathie; mais voyant par
l'air de satisfaction de son époux,
qu'il faudrait plus d'un jour, pour lui
faire partager son opinion, et craignant de ne pouvoir le contraindre;
elle jugea qu'il était plus prudent de
s'éloigner; et alléguant un prétexte
assez frivole, elle sortit du salon,
et laissa nos deux hommes ensemble.
Quand elle fut sortie, Clarenville
voyant une espèce d'humeur sur la
figure de Durivage lui dit:

— Je vous prie, Monsieur, d'ex-
cuser mon épouse et ma fille : si vous
connaissez les femmes, vous devez
savoir qu'elles pardonnent difficile-
ment à celui dont elles se croient of-
fensées. Elles m'ont dit quelques mots
sur votre première entrée chez moi;

j'ai compris qu'il y avait eu un peu
d'aigreur, et peut-être du malentendu
de part et d'autre : elles sont encore
un peu piquées ; mais il ne tiendra pas
à moi qu'elles vous rendent bientôt
toute la justice que vous méritez, j'en
fais mon affaire. Maintenant, permettez que je continue la lecture de
cette lettre. Il reprit ainsi :

.... « Voilà plusieurs années que
« je nourris l'espérance de revoir mon
« frère chéri : je me faisais une fête de
« lui remettre mon testament, par le-
« quel j'institue Elise mon unique héri-
« tière ; mais les années s'écoulent sans
« que tu viennes ; d'un moment à l'autre
« je puis mourir ; nous sommes séparés
« par les mers ; la correspondance est
« peu sûre ; aussi, malgré la privation

« que cela va me causer, j'ai accepté
« avec des transports de reconnaissance
« l'offre généreuse que m'a faite le bon
« Durivage. Il s'expose aux dangers d'un
« voyage de long cours, pour vous re-
« mettre ce témoignage de ma tendresse
« fraternelle. Pendant sa longue ab-
« sence, je prierai Dieu qu'il vous donne
« pour cet excellent jeune homme les
« sentimens d'estime et d'amitié qu'il
« m'a inspirés et qu'il mérite si bien !
« Puisse-t-il réussir dans le projet qu'il
« a de vous déterminer à l'accompagner
« à son retour en Europe ; que je vous
« presse encore tous deux sur mon cœur
« avant de mourir, etc. »

« O mon Dieu ! s'écria Clarenville,
fondant en larmes ; quand mon malheureux frère écrivait ces lignes, il

était loin de prévoir, si j'en juge par
la date, que je franchissais les mers,
et que je n'arriverais que pour recueillir son dernier soupir. O mon
frère! » Puis se levant tout à coup. il
se jeta au cou de Durivage, qui de
son côté faisait semblant de pleurer.
Brave jeune homme, dit-il, vous par-
tagez ma douleur; comme moi vous
avez perdu un ami; mais, plus heureux
que moi, vous en retrouverez un autre!
Mais moi! qui me rendra un frère!
Oui je serai votre ami; vous avez
connu, vous avez aimé Robert : nous
parlerons souvent de lui; il me sem-
blera que je ne l'ai pas perdu tout entier, lorsque vous me retracerez ses
vertus.

— Ah! Monsieur, que vous êtes bien

son digne frère! En vérité, vous me faites illusion. Votre voix, vos traits pénètrent mon cœur; il me semble que c'est Robert qui me parle et qui m'embrasse. Tenez, le voici ce testament! Hélas! quand il me le remit, je ne pensais guère que je verrais arriver sitôt l'époque douloureuse, où vous pourriez en faire usage. Ah! quel ami j'ai perdu! Jugez-en par ces lettres, Monsieur; lizez, voyez avec quelle bonté il me traitait! »

Il remit à Clarenville plusieurs lettres que celui-ci ne put voir sans une nouvelle émotion, en croyant y reconnaître l'écriture de son frère; elles ne contenaient que les témoignages de la plus vive amitié, et des éloges si flatteurs pour Durivage, à

qui elles étaient adressées, que, malgré
son effronterie, celui-ci se crut en
conscience obligé de jouer la modestie, et de prier monsieur Clarenville
de les lire à voix-basse. La lecture
finie, la conversation se prolongea
encore long-temps; Clarenville ne
pouvait se lasser de parler de son
frère, et Durivage ne tarissait pas sur
l'éloge du défunt et ne mettait point
de bornes aux regrets que lui donnait,
disait-il, sa fin déplorable. Il n'aurait
pas mieux demandé que d'accepter
l'offre que Clarenville lui fit, de rester
et de passer quelques jours chez lui.
Mais Durivage, songeant aux conseils
de Véronica, et content d'avoir gagné
le cœur du père d'Elise, jugea pru-
demment qu'il valait mieux laisser à

ce dernier le temps et le soin d'affaiblir l'aversion que ces dames avaient pour lui, et qui n'aurait fait qu'augmenter, en les contrariant par sa présence, lorsque cette aversion était encore, dans toute sa force. En conséquence, il regretta de ne pouvoir accepter une offre aussi obligeante ; il dit qu'il était obligé de s'absenter pour quelque temps, et qu'au retour d'une course qu'il allait faire dans les Antilles, pour une spéculation de commerce, sa première visite serait consacrée au frère d'un homme qu'il avait tant aimé, et qu'il ne cesserait jamais de pleurer. Il sortit enfin après avoir reçu de Clarenville les souhaits les plus ardens pour l'heureux succès de son voyage, et l'invitation la plus pressante de hâter son retour, et de tenir sa promesse.

CHAPITRE XVII.

Le Breuvage.

Ceux qui ont deviné le caractère
de Durivage, n'auront pas de peine à
concevoir combien il avait souffert
pendant cette longue visite. Il lui en
avait coûté des efforts incroyables,
pour se contraindre aussi long-temps,
et pour parler un langage auquel il
n'était nullement habitué ; aussi, se
dédommagea-t-il bien de cette pénible
contrainte, quand il se vit seul dans
la campagne et en liberté. Quiconque
l'aurait vu marcher en gesticulant, et
l'aurait entendu, tantôt faire des imprécations, tantôt des éclats de rire
immodérés, l'aurait pris pour un ma-

niaque. Son agitation n'était pas encore calmée, lorsqu'il entra dans son habitation, où Véronica l'attendait avec la plus grande impatience.

« Eh bien! lui dit-elle, comment les choses se sont-elles passées?

— Véronica, avez-vous toujours ce breuvage qui donne la mort?

— Certainement. Mais est-il donc nécessaire d'en faire usage? Sur qui?

— Sur qui? Eh parbleu! sur cette bégueule de Clarenville, qui s'avise de me regarder de travers, de me faire des questions embarrassantes, et qui a manqué de me dépister. Tant que cette drôlesse-là vivra, je suis sûr qu'il n'y aura pour moi ni femme, ni succession chez elle: jugez-en.

Il lui raconta sa visite, telle que nous l'avons racontée nous-mêmes à nos lecteurs, excepté qu'il assaisonna son récit à Véronica de juremens et d'imprécations que nous ne voulons pas répéter. Quand il eut fini. — Le père, continua-t-il, a donné dans le panneau à plein collier, le cher homme n'a pas le moindre soupçon; il m'a embrassé, il m'a mouillé la face avec ses larmes, peu s'en faut qu'il ne m'ait avalé par amitié. Oh! de ce côté-là, cela va le mieux du monde! Mais la femme! si vous aviez vu quels yeux elle me faisait! Elle me faisait baisser les miens! et vous savez que j'ai pourtant une dose suffisante d'effronterie. Mais lorsqu'on est venu au passage où je touche..... où Robert

veux-je dire, touche la corde du mariage, j'ai cru qu'elle allait, ma foi,
découvrir le pot aux roses. *Je ne reconnais pas là*, dit-elle, *le style de
mon frère.* Je vous l'avoue, je sai-
gnerais dix hommes sans sourciller;
mais à cette observation d'une femme,
j'ai tremblé comme une feuille : oui,
Véronica, j'ai tremblé! Heureusement
l'alarme a été l'affaire d'une seconde,
et j'en ai été quitte pour la peur. J'ai
bien vu que la Clarenville n'avait
aucun doute sur l'authenticité de la
lettre, mais qu'elle ne faisait son im-
pertinente réflexion que par répugnance : elle m'aime autant que sa
fille, c'est tout dire. Mais je me soucie
de leur amitié comme de leur haine,
ce n'est pas leur amour que je veux,

c'est leur argent, et je l'aurai, ou le diable les emportera plutôt.

— Vous vous êtes conduit comme un ange, mon fils, je n'aurais pas mieux fait, moi qui vous parle. Le point essentiel était de s'emparer de l'esprit du père, et je vois avec satisfaction que vous avez parfaitement réussi. Votre voyage aux Antilles est très-bien imaginé : cela vous forcera d'être trois ou quatre mois sans vous montrer chez les Clarenville, et cette absence détruira les soupçons d'avidité que les femmes pourraient avoir donné contre vous au père. Quant à la mère, je suis persuadée qu'elle sera toujours un obstacle à l'accomplissement de vos désirs; je connais mon sexe : les femmes reviennent ra-

rement sur la première impression,
et d'ailleurs elles ont un tact si fin
pour juger les hommes! L'instinct nous
tient lieu de jugement et d'expérience,
et il est rare qu'il nous trompe, quand
les passions ne sont pas en jeu. Il
faut donc absolument nous défaire de
ce surveillant incommode, et mes
précautions sont déjà prises pour cela,
car jugeant qu'il faudrait toujours en
venir-là, je ne suis pas restée oisive
pendant votre absence. Revêtue de
mes habits de bohémienne, j'ai rôdé
autour de l'habitation de Clarenville,
et j'ai été assez heureuse pour y ren-
contrer son nègre favori, Domingo,
l'animal le plus crédule que j'aie jamais connu; je lui ai donné rendez-
vous pour demain dans un lieu écarté

et c'est là que j'armerai sa stupidité,
du breuvage qui doit calmer toutes
vos craintes, et vous applanir la route.

— Y pensez-vous, Véronica ? mettre un tiers, un imbécile dans la confidence d'un secret si important ! Malédiction ! vous voulez donc nous perdre !

— Me prenez-vous moi-même pour une imbécile ? Qui vous dit que je veux mettre Domingo dans la confidence de mon projet. N'avez-vous jamais vu des gens seconder les efforts d'un chef de complot sans s'en douter ? Or voilà précisément ce que je prétends faire. Laissez-moi agir ; reposez-vous sur ma prudence, et surtout ne perdez pas de vue que je compte sur votre promesse, c'est-àdire , sur dix mille francs de rente en cas de réussite ?

— De par tous les diables! comment voulez-vous que je l'oublie , vous m'en parlez à tout moment. Cela commence à m'ennuyer bien fort.

— Mon Dieu! comme vous prenez feu chaque fois qu'il s'agit d'argent! ne semble-t-il pas qu'on veuille vous arracher l'âme ? »

Le lendemain, Véronica, fidèle à sa promesse, se rendit au lieu qu'elle avait indiqué pour rendez-vous au simple et crédule Domingo. Celui-ci l'attendait déjà. Du plus loin qu'il la vit, il courut au-devant d'elle, et comme la vieille regardait de tous cotés et paraissait s'avancer avec méfiance :

« Ne craignez rien, lui dit le nègre;

ici on ne peut nous voir de l'habitation, ces arbres en empêchent; mes
camarades sont occupés, mes maîtres
déjeûnent et on me croit au Cap, ou
l'on m'a envoyé pour faire une commission. Vous pouvez parler hardî-
ment.

— Ce n'est pas pour moi que je
crains, mon art me fournirait les moyens de braver tous les dangers, s'il
s'en présentait. Mais tout le monde
ne te ressemble pas, mon enfant; il y
en a beaucoup qui n'ajoutent aucune
foi à nos prédictions et à notre science:
ces gens-là, qui se fâchent quand
les autres croient ce qu'ils font semblant de ne pas croire eux-mêmes,
ces gens-là, dis-je, te feraient un crime
de ta confiance en moi; ils te puni-

raient d'avoir cherché à devenir plus
heureux et plus savant qu'eux; et
comme je suis venue ici dans l'intention de faire ton bonheur, parce que
tu me plais, il ne faut pas que personne vienne gêner mes bonnes dispositions pour toi.

— Grand merci, bonne blanche.
Vous avez bien raison de dire que
tout le monde ne vous croit pas. Ma
maîtresse, madame Clarenville, rit
toujours quand on lui parle de vous;
quelquefois aussi elle se fâche, si bien
qu'elle nous a défendu de nous faire
dire la bonne aventure. Cela me fait
un grand chagrin, car j'aime beaucoup ma maîtresse; mais j'aime bien
aussi à savoir ce qui doit m'arriver,
et je voudrais bien pouvoir arranger

tóut cela de manière que je sois content et que ma maîtresse aussi soit contente.

—Cela est assez embarrassant, n'est-ce pas? Mais sois tranquille: si tu veux suivre exactement mes avis, tout cela s'arrangera à ta grande satisfaction. Ecoute, j'ai consulté hier, exprès pour toi, l'Esprit noir de la montagne, et voilà mot à mot ce qu'il m'a dit:

« Domingo peut devenir libre, riche; il peut avoir une femme bien jolie et de beaux petits enfans. Il peut vivre deux cents ans, retourner dans son pays et partout où il voudra. Mais pour cela, il faut que sa maîtresse ait le même sort: ils ne peuvent être heureux l'un sans l'autre. »

— J'épouserais Netti! j'aurais des

petits Domingo! la liberté, beaucoup, beaucoup d'or! je reverrais mon pays! Ah! il faut que je danse de joie!

— Tu danses, c'est fort bien ; mais tu n'as donc pas compris; il faut que madame Clarenville soit heureuse pour que tu le sois, entends-tu ?

— Eh bien! vous qui êtes une si bonne vieille, puisque vous voulez donner du bonheur à Domingo, il ne vous en coûtera pas davantage, pour en donner aussi à ma bonne maîtresse ; car s'il faut que je vous dise la vérité, Domingo ne pourrait pas rire si sa maîtresse pleurait : faites pour tous les deux.

— Je devrais peut-être avoir un peu de rancune contre ta maîtresse, qui ne croit pas à mes prédictions ; mais pour l'amour de toi, je veux bien oublier tout cela. Maintenant son bonheur et le tien ne dépendent que de toi. Regarde, il est dans cette bouteille que j'ai apportée exprès.

— Dans cette bouteille ? Cassez-la donc bien vite, que je le prenne.

— Que tu es simple ! Il ne s'agit pas de casser la bouteille, mais de boire la moitié de la liqueur qu'elle contient, et de faire boire l'autre moitié à madame Clarenville ; de cette condition dépend votre bonheur. Eh bien ! qu'as-tu donc ? Te voilà triste ! Tu ne danses plus maintenant ?

— Comment donc faire ! Madame Clarenville ne me croira pas, elle ne voudra jamais boire cette liqueur sur ma parole, et je ne serai pas heureux! Si je lui en parle, elle rira, ou bien elle se mettra en colère.

— Je sais cela aussi bien que toi : elle est incrédule, et il faudra bien la rendre heureuse malgré elle. Il faut donc que tu sois assez adroit pour lui faire boire ce breuvage sans qu'elle s'en doute. Te sens-tu capable de cela? C'est toi qui la sers à table ; les occasions ne te manqueront pas.

— Ah! je comprends.... Bon! je mettrai cela en guise d'eau dans son vin.

— C'est cela même. Mais prends-y bien garde ; il faut que tu gardes là-dessus un secret inviolable ; quoiqu'il puisse arriver, il ne faut pas qu'elle sache jamais que tu lui as fait prendre ce breuvage. L'esprit noir le défend, et il a juré de te tordre le cou, si tu trahissais jamais ce secret.

— Oh vraiment! je n'ai garde, et je me laisserais plutôt couper par morceaux, que d'en dire un seul mot. Vous pouvez me donner la bouteille.

— La voilà; mais avant de nous séparer, écoute bien attentivement quelques avis que j'ai encore à te donner. Premièrement, il faut que tu boives ta portion au moins huit jours avant madame Clarenville; comme il faut que vous soyez heureux tous les deux en même temps, et que tu es un homme, que par conséquent tu as le tempérament plus fort qu'une femme, il faut aussi plus de temps à la liqueur pour faire son effet sur toi que sur elle. Secondement, je dois te prévenir de

ne pas t'effrayer quand madame Clarenville paraîtra malade, ou que tu
croiras l'être toi-même. L'effet de ce
breuvage est d'anéantir d'abord toutes
les forces, et de faire un corps tout
neuf. Vous tomberez donc tous les
deux en langueur, et puis vous vous
endormirez d'un profond sommeil,
pour vous réveiller jeunes et heureux.
Ainsi, quand tu entendras dire que
vous êtes malades, que vous allez mourir, ne va pas t'effrayer, il faut que
cela soit ainsi. Enfin, je te répète pour
la dernière fois que ton bonheur et ta
vie sont attachés à ta discrétion. Si tu
trahis ton secret de quelque manière
que ce soit, l'esprit noir sera dans une
grande colère et te tordra le cou. Te
voilà bien instruit : je te quitte et je

ne te reverrai que quand tu seras heureux. Adieu, et encore une fois le plus
grand silence ! »

Véronica s'éloigna, et laissa Domingo enchanté de l'exécrable cadeau qu'elle venait de lui faire, et bien
résolu de se conformer en tout point
à ses instructions. Il cacha soigneuse-
ment sa bouteille, comme un trésor
qu'il aurait craint de se voir ravir, prit
le chemin du Cap, doubla le pas pour
regagner le temps qu'il venait de perdre, et revint le soir à l'habitation,
guetter l'instant et l'occasion favorables
pour faire prendre à sa *bonne* maîtresse ce breuvage, qui devait la
rendre *heureuse....!* O superstition !

~~~~~~

CHAPITRE XVIII.

L'amour des arts.

« Soyez notre juge, dit monsieur Clarenville à Charles qui entrait, au moment où une discussion assez vive venait de s'élever au sujet de Durivage ; soyez notre juge : vous êtes absolument désintéressé dans l'objet qui nous divise, vous avez un sens droit, et vous serez impartial. Ces dames me reprochent d'avoir été trop civil envers un homme qui fut l'ami de mon malheureux frère, qui traverse les mers pour assurer la fortune d'Elise, pour nous apporter le testament de son oncle. Parce que cet homme, dans sa première visite, un peu échauffé par le vin et par un soleil brûlant, est sorti tant soit peu des bornes de la civilité ordinaire, ces dames l'ont pris en aversion ; plus incivile que lui, Elise prend la fuite chaque fois qu'elle l'aperçoit ; ma femme donne des ordres à ses gens pour lui défendre l'entrée de la maison lorsqu'il se présente ; tout cela pouvait se justifier jusqu'à un certain point tant qu'elles n'ont vu en lui qu'un insolent aventurier ; mais maintenant qu'il est le bienfaiteur de ma famille, je n'oublierais pas un moment d'erreur, pour ne me souvenir que du service signalé qu'il me rend ! Morbleu ! je trouve cela d'une injustice révoltante. Eh bien ! qu'en pensez-vous ? N'êtes-vous pas de mon avis ? Vous ne répondez pas ?

— Il ne m'appartient pas de prononcer sur un point aussi délicat. Le sentiment ne se commande pas, et il est des choses qu'il est plus aisé de sentir, qu'il n'est facile de les exprimer. Il faut que ces dames aient été profondement blessées, pour que l'aversion ait pu trouver place dans leurs cœurs, qui paraissent ne respirer que pour la bienveillance.

—Je mentirais si je disais que cet homme m'a offensée, répondit Elise ; mais dussiez-vous aussi me dire que c'est un enfantillage ; les yeux de cet homme, de ce monsieur Durivage, comme vous le nommez, m'inspirent un effroi que je ne puis définir : c'est plus fort que moi, je ne pourrai jamais supporter sa vue. Il y en a dont la physionomie douce et gracieuse fait tant de bien à voir ! Leurs regards ont quelque chose de si touchant, qu'on ne peut se lasser de les voir ; voilà de ces choses que l'on éprouve tous les jours, sans qu'on puisse s'en rendre raison. »

En disant ces mots, Elise regardait Clarles avec une expression qui annonçait tout le plaisir qu'elle avait à le voir. Il ne s'en aperçut pas, et répondit :

« Ceci est vrai, jusqu'à un certain point. Rien n'est si trompeur que la physionomie, et je crois qu'il y aurait autant d'injustice à haïr quelqu'un, parce que ses traits nous déplaisent, qu'il y aurait d'imprudence à donner toute sa bienveillance à une personne qui n'offrirait d'autre garantie qu'une belle figure.

— Vous avez beau dire, reprit Elise, il y a toujours dans la figure d'un homme quelque chose qui décèle son origine, son éducation et ses penchans, et je parierais que je ne me tromperais pas en affirmant que Durivage est d'une famille ignoble, et que vous..... oui, vous, M. Charles, vous avez des parens distingués!.... Vous tressaillez! N'est-ce pas que j'ai raison?

— Dieu! Dieu, s'écria Charles d'une voix douloureuse, et couvrant sa figure de ses deux mains! Horrible souvenir, tu me poursuivras donc partout! O mademoiselle! si vous saviez le mal que vous me faites!.... »

Il se leva avec la plus grande émotion, et sortit précipitamment. Clarenville jeta sur sa fille un regard sévère. Elise, étonnée et tremblante, avait les yeux attachés sur la porte par où il était sorti, puis s'adressant à son père :

« Qu'a-t-il donc, dit-elle, en quoi ai-je pu l'affliger ?

— En quoi, répondit Clarenville avec un peu d'humeur ? Vous avez oublié les conventions que j'ai faites avec lui et les instructions que je vous ai données. Ne vous avais-je pas défendu de lui jamais rien dire qui eût un rapport direct ou indirect avec ses parens? Il faut que ce souvenir tienne

à une profonde blessure ; quoi qu'il
en soit, c'est son secret : j'ai juré
qu'il serait respecté chez moi, vous
me l'aviez promis aussi, et vous venez
de manquer à votre parole ; voyez
ce qui en est résulté !

— Ah ! dit Elise, en versant un
torrent de larmes, Dieu sait si j'avais
l'intention de l'affliger ! Que je suis
malheureuse ! Il va m'en vouloir
maintenant. Quelle opinion aura-t-il
de moi ?... Pour un rien j'irais lui demander excuse. Mon père, faites ma
paix avec lui, je vous en prie !

— Que cela vous rende plus circonspecte à l'avenir ! Je vais le trouver, non pour faire votre paix avec
lui, car je suis sûr qu'il ne vous en
veut pas, non pour lui faire des excu-

2.   5

ses, car ce serait renouveler sa douleur en rappelant le souvenir de ce
qui s'est passé tout à l'heure ; mais
pour aviser aux moyens de le distraire, et d'écarter les idées pénibles
que vous avez réveillées dans son âme.
Si mon épouse y consent, je vais lui
proposer de faire une promenade
avec nous ; tu viendras aussi, ma
fille ?

— Je vous conjure de m'en dispenser; je vous avoue que dans ce moment je ne saurais quelle contenance
tenir avec lui. Je resterai ici.

— Elise a raison, dit madame Clarenville : comme il s'agit de le distraire, la présence de ma fille lui
rappellerait son indiscrétion. »

Monsieur Clarenville alla donc

trouver Charles dans sa chambre ; il
le trouva assis dans l'attitude d'un
homme plongé dans de profondes réflexions. Il se leva et vint d'un air
embarrassé au devant de Clarenville,
qui, sans paraître remarquer la mélancolie qui était empreinte sur son
visage, le prit par la main et lui dit
avec douceur :

— Mon ami, pardon si je vous im-
portune ; il a pris fantaisie à ma
femme de faire un tour de promenade,
j'y ai consenti, et je viens vous prier
de nous accompagner. Cela me fera
le plus grand plaisir.

— O Monsieur ! ne vous ai-je pas
dit que vos moindres désirs sont des
ordres pour moi, et que.... Je suis
prêt à vous suivre !

Ils descendirent ensemble ; et monsieur Clarenville ayant fait signe à
son épouse, qui les attendait, ils par-
tirent tous trois. Elise, derrière le ri-
deau d'une croisée, les regarda aller,
tant que ses yeux purent les suivre,
et lorsqu'elle les eut entièrement per-
dus de vue, elle se jeta sur un sopha,
et se mit à pleurer. Qui causait donc
l'affliction de cette belle enfant? De
mauvaises langues (et il n'en manque
pas), diront hardiment que c'était par
dépit de s'être mise dans le cas de ne
pouvoir suivre le beau jeune homme ;
mais n'en croyez pas un mots; si on absence eût causé le moindre regret à l'innocente Elise, sa petite tête lui aurait
bien vite fourni un prétexte pour se
dédire, et quelle fille est jamais em-

barrassée dans ce cas-là ? D'ailleurs,
Elise n'était-elle pas accoutumée à
faire toutes ses volontés ? Vous voyez
donc bien que ce n'était pas cela qui
lui faisait verser des larmes. Des âmes
plus charitables attribueront son chagrin au regret qu'elle avait d'avoir affligé Charles, ou bien aux reproches
que son père lui avait faits; que sais-
je moi ? Le fait est que je ne puis
vous en dire la cause, attendu qu'Elise
l'ignorait elle-même, et cela n'est pas
étonnant; à seize ans une jeune personne pleure si facilement!... Quoi qu'il
en soit, pendant qu'elle mouillait
ses belles joues de ses larmes, Domingo entra. Domingo était, comme
on le sait, très-attaché à ses maîtres :
il fut affligé de voir pleurer Elise,

et lui en demanda timidement la cause.

« Bon Domingo, je serais bien embarrassée de te le dire : je n'ai rien ; mais je crois que je pleure parce que je m'ennuie, voilà tout.

— O bonne petite maîtresse, si vous le souhaitez, Domingo va chanter et danser ; cela vous amusera peut-être : parlez, dites, le voulez-vous !

— Non, je te remercie. Tu es bien heureux de pouvoir ainsi chanter et danser à volonté ! Il me semble qu'à ta place je ne serais pas si gaie.

— Si vous étiez à ma place, vous auriez toujours envie de danser et de chanter ; allez, laissez faire, vous verrez comme Domingo sera heureux !

—Toi? Tu m'étonnes! Quel si grand bonheur peut-il donc t'arriver?

— Je ne peux pas vous le dire, l'*Esprit noir* de la montagne se fâcherait. Ah! mon Dieu, s'il allait me tordre le cou parce que je vous ai dit que je serais heureux! Tenez! voilà déjà que je tremble! Mais je ne vous ai rien dit, n'est-ce pas? Je ne vous ai pas dit que ma bonne maîtresse serait heureuse aussi?

—Ma mère! Est-ce que tu as perdu la tête? mon pauvre Domingo, tu radotes.

— Oh! non, je sais bien ce que je dis; mais il ne faut pas que je le dise, parce que l'on m'a dit que si je le disais... Silence! Domingo, ne dis plus rien.

— Allons, mon pauvre garçon, tu

es fou. Va me chercher un verre de
limonade. »

Domingo sortit; mais en quittant
le salon, il entendit Elise pousser un
profond soupir. Les larmes qu'il lui
avait vu verser et le soupir donnèrent
à ses idées une direction fatale pour
Elise. « Ma bonne petite maîtresse
est malheureuse, se dit-il à lui-même ;
si je la rendais heureuse à la place
de sa mère! Elle est plus jeune, elle
aurait plus long-temps à souffrir.
Allons, voilà qui est décidé, je vais
mettre cette liqueur que la vieille m'a
donnée, dans la limonade de mademoiselle Elise. Oh! la bonne idée!...

Et Domingo se frottait de joie les
mains. Il tira de son sein le poison

qu'il conservait dans une fiole , et se disposa à le verser dans le rafraîchissement qu'il préparait pour Elise. « J'ai déjà bu ma portion, dit-il, cela n'a pas de mauvais goût; ma bonne petite maîtresse boira cela sans s'en apercevoir, et elle sera heureuse. » Il allait verser le fatal breuvage, et c'en était fait de la vie d'Elise, quand le stupide nègre, frappé d'une réflexion subite, s'arrêta tout-à-coup : « O mon Dieu! se dit-il, cela ne se peut pas; la vieille m'a dit que pour que je sois heureux, il faut que madame Clarenville soit heureuse aussi; l'esprit noir se fâcherait si je n'étais pas obéissant. Non, non, bonne petite maîtresse, Domingo ne peut pas faire ton bonheur. J'en suis bien fâché, mais il faut que je garde cela pour ta maman. »

Il remit sa fiole dans son sein, et se hâta de servir à Elise la limonade qu'elle lui avait demandée, tout en regrettant intérieurement qu'il ne lui fût pas permis de profiter d'une si belle occasion, pour assurer le bonheur de sa jeune maîtresse. Voyant cependant qu'Elise avait toujours l'air triste et soupirait de temps en temps, et voulant à toute force la distraire, il lui adressa encore la parole :

« Bonne petite maîtresse s'ennuie, dit-il, je le vois bien. Ah! si elle savait jouer de ce grand instrument comme M. Charles, cela l'égayerait :

le temps ne lui paraîtrait pas si long !

— Tu pourrais bien avoir raison, Domingo ; mais que veux-tu, je ne le sais pas.

— M. Charles a l'air si bon, si complaisant ! Pourquoi ne lui dites-vous pas de vous donner des leçons ? Vous apprendriez bien vite. »

Les yeux d'Elise pétillèrent de joie, le plus beau carmin anima ses joues, un trait de lumière venait de la frapper. Elle ne s'arrêta pas à réfléchir long-temps sur le plan qu'elle avait formé subitement ; Domingo, dit-elle, monte vite, et vois si la chambre de M. Charles est ouverte. Domingo ne se le fit pas répéter ; il sortit et revint de suite annoncer que la clef

était à la porte. Eh bien, dit Elise,
dépêche-toi, appelle un de tes camarades, et reviens sur-le-champ. Domingo obéit, et fut bientôt de retour
avec un autre nègre. — Venez, leur
dit-elle, suivez-moi. Elle les conduisit
dans la chambre de Charles, et quand
ils furent entrés : « Prenez, dit-elle,
ce forté-piano avec les plus grandes
précautions, et portez - le dans le
salon. »

Quand l'instrument fut descendu,
et placé dans le salon, à la place
qu'Elise avait indiquée, elle congédia
les deux nègres. « O! Domingo, dit-
elle quand elle fut seule, je te remercie de l'idée excellente que tu
m'as donnée! Oui, ma mère a raison;
il est honteux, à mon âge, de ne pas

être plus instruite que je ne le suis,
après avoir eu des maîtres de toute
espèce ; mais patience, si je réussis
dans mon projet, je puis encore ré-
parer le temps perdu. Tout en faisant
ces réflexions, elle s'était assise devant le piano, et cherchait à se rap-
peler les premières leçons qu'elle avait
reçues. Inutiles efforts! Ses doigts, qui
depuis long-temps avaient perdu l'habitude de se promener sur un clavier
rencontraient un *bémol* pour un *dièse*,
et faisaient un charivari qui aurait
offensé les oreilles les moins délicates.
Elise s'impatientait, frappait du pied,
recommençait dix fois le même passage
sans en être pour cela plus avancée,
et finit par abandonner l'instrument.
—Que je suis simple! dit-elle, je ne suis

pas assez forte pour jouer par cœur, si j'avais ma musique devant moi, je jouerais peut-être mieux.

Aussitôt elle court ouvrir une grande armoire dans laquelle on avait serré sa musique ; il y en avait la charge d'un homme : Elise fait deux ou trois voyages, et transporte toute la pacotille dans le salon ; le piano, la table, les chaises en sont couverts. Dans cette même armoire étaient aussi ses livres, ses dessins, ses couleurs, ses crayons, etc. « Mes bons amis, dit Elise, comme je vous ai abandonnés ! On vous a séquestrés de la société, on vous a mis sous clef, emprisonnés comme des criminels ; venez, venez, que je vous rende la liberté, que je vous rétablisse dans vos hon-

neurs et dignités ; venez faire l'ornement du salon. » Et voilà Elise qui se
met à déménager : livres, crayons ,
dessins, tout prend le chemin du salon.
Elle ne songe plus à la chaleur ; elle
marche, elle court, elle se démène ;
c'est une table qu'elle porte pour placer tout ce qui a rapport au dessin ;
c'est un coffre qu'elle traîne pour
serrer sa musique ; tout était encore
pêle-mêle ; tous les meubles, le par-
quet étaient encore couverts de livres
et de papiers en désordre, le salon
avait l'air d'une pièce mise au pillage,
quand Elise aperçut ses parens et
Charles , qui, ayant terminé leur promenade, étaient près d'entrer dans la
maison. Vite, elle se met au piano,
ouvre le premier livre de musique qui
lui tombe sous la main ; le hasard la

sert comme s'il eût connu la force de notre musicienne : en ouvrant le livre, le premier morceau qui tombe sous les yeux d'Elise, c'est le fameux air de *Malbroug s'en va-t-en guerre*, et notre espiègle d'écorcher cet air avec une gravité imperturbable ; frappant avec force sur les touches, elle fait, à elle seule, autant de bruit que l'orchestre de l'opéra. Dieu sait comme elle touche faux ; mais c'est égal, elle va toujours son train : un couplet fini, elle en recommence un autre : rien ne la distrait, rien ne la dérange.

Cependant nos promeneurs, en approchant de la maison, sont bien surpris d'entendre cette musique dans le salon, où ils n'avaient point laissé d'instrument à leur départ. Ils entrent. Ni le bruit de leurs pas, ni ce-

lui de la porte n'excite l'attention
d'Elise : elle semble entièrement ab-
sorbée par le démon de la musique.
Mais s'ils furent étonnés en voyant
que c'était elle qui faisait ce mélodieux tintamarre, ils le furent bien
davantage, en voyant le désordre qui
régnait dans le salon ; on ne savait où
poser les pieds. « Miséricorde ! s'é-
cria madame Clarenville en même
temps que son époux faisait une ex-
clamation à peu près semblable de
son côté : miséricorde ! Qu'est-ce que
cela signifie ? Elise, es-tu folle ?

Elise tressaillit, et se leva comme
si elle eût été effrayée ; et, affectant
un air d'embarras : « Vous voilà déjà
de retour ! je ne vous attendais pas
si tôt.

2. 6

~~~~~~

CHAPITRE XIX.

Où l'histoire rétrograde.

C'est un véritable dédale que le cœur humain, et celui qui se flatte de le mieux connaître, bien souvent n'y voit goutte. Sans doute si tous les hommes étaient francs, s'ils ne déguisaient pas de mille manières et leur façon de penser, et les motifs secrets qui les font agir, on pourrait trouver un fil pour se guider dans ce labyrinthe ; mais le cœur le plus naïf a ses détours, et celui qui paraît le plus droit, trouve encore le moyen de cacher sa pensée, ses motifs et ses desseins dans des chemins

si tortueux, qu'ils échappent aux plus
habiles. Monsieur et madame Clarenville étaient loin de soupçonner
les vues de l'innocente Elise, en la
voyant entourée de tout l'attirail de la
science. Ce qu'ils ne regardaient que
comme un caprice d'enfant, était pourtant de sa part un plan aussi habile-
ment conçu qu'il avait été promptement imaginé. On en jugera par la
suite. Mais si une âme aussi simple,
aussi pure que celle d'Elise, parvient
avec aussi peu de peine à déguiser ses
projets aux yeux de ceux qui doivent
le mieux les connaître, que sera-ce,
si l'esprit de fourberie se trouve dans
un cœur corrompu comme celui dont
nous allons parler? Alors les com-
plots les plus noirs seront ourdis avec

une adresse infernale ; les crimes les
plus hardis seront exécutés avec une
audace étonnante, et le coupable, ca-
ché dans l'ombre, jouira de l'impunité, jusqu'à ce que la justice di-
vine, plus sûre que celle des hommes,
vienne enfin consoler la vertu par la
punition du coupable.

On se rappelle que, dans le commencement de cet Ouvrage, madame
Clarenville a fait à sa fille le récit des
événemens déplorables qui avaient
suivi son mariage et celui de sa sœur
Julie. Mais elle avait passé légèrement
sur plusieurs circonstances, dont elle
n'avait pas jugé à propos d'instruire
Elise ; elle en avait passé d'autres sous
silence, par la raison toute simple
qu'elle les ignorait elle-même ; de-là

le voile mystérieux qui couvre encore cette histoire, et que nous allons tâcher de soulever autant qu'il sera nécessaire pour éclairer les événemens, sans diminuer l'intérêt.

Madame Clarenville, par exemple, avait dit que plusieurs partis s'étant offerts tant pour elle que pour sa sœur, tous avaient été refusés; mais elle n'était entrée dans aucun détail, elle n'avait nommé personne. Nous serions volontiers portés à imiter sa discrétion; mais parmi tous ces amans rebutés, il en était un que nous croyons nécessaire de faire connaître au lecteur. C'était un parent éloigné de messieurs Clarenville; il se nommait Marclof. Ses parens étaient morts, et lui avaient laissé une fortune assez

considérable. Marclof avait vingt-
quatre ans, quand il s'avisa de se
croire amoureux de Julie, et de la demander en mariage. Nul doute qu'il
ne l'eût obtenue, sans la singulière résolution que ces deux sœurs avaient
prises de ne jamais se séparer. Les
parens de Julie auraient été enchantés
de l'avoir pour gendre; et en effet, jamais un parti ne fut en apparence plus
sortable. Marclof était bel homme,
sa conversation était instructive et
agréable. Sa conduite régulière, ses
principes religieux l'avaient mis en
grande réputation à Nantes. Les pères
le citaient à leurs fils comme un modèle à suivre, et il n'était point de
mère qui n'eût désiré en faire l'époux
de sa fille. Il avait quitté le commerce,

pour se livrer aux opérations de la
banque; du moins il le disait : c'était
l'opinion générale, et cette opinion
donnait une haute idée de sa fortune.
On lui supposait des fonds énormes,
des bénéfices immenses; en un mot,
sous le rapport des mœurs et de la
fortune, Marclof semblait ne laisser
rien à désirer, même aux parens les
plus exigeans. Mais aussi, comme ces
apparences étaient trompeuses! Cet
extérieur séduisant cachait l'âme la
plus noire qui fût jamais : mœurs, religion, fortune, tout cela n'existait pour
Marclof qu'en apparence. Marclof
était de tous les scélérats le plus dangereux : en un mot, c'était un hypo-
crite; et cependant il était né avec des
qualités aimables : s'il fût resté plus

long-temps sous la surveillanee de ses
parens, si son éducation morale n'eût
pas été négligée par une conséquence
inévitable de leur mort prématurée,
Marclof aurait fait l'ornement de la
société, il aurait été réellement ce qu'il
paraissait ; mais, abandonné trop tôt à
lui-même, sans guide pour diriger sa
conduite et ses principes, ses bonnes
qualités furent bientôt étouffées par
ses passions, et Marclof ne fut bientôt
plus qu'un monstre exécrable, et d'autant plus dangereux, que personne ne
s'en méfiait. Une seule démarche, innocente d'abord, le conduisit dans le
chemin du crime, d'où il lui fut dé-
sormais impossible de sortir. Par complaisance pour un ami, il eut un jour
la faiblesse de le suivre dans une mai-

son de jeu. Il y entra avec la ferme
résolution de ne pas jouer ; mais la vue
des monceaux d'or étalés sous ses yeux,
le bonheur avec lequel quelques
joueurs les faisaient passer de leur
côté, affaiblirent peu à peu sa résolution. Il eut cependant beaucoup de
peine à se décider. Vingt fois il tira
machinalement sa bourse ; vingt fois il
la remit courageusement dans sa po-
che. Son ami lui en fit la guerre : une
fausse honte, la crainte de passer pour
avare, le déterminèrent à hasarder une
modique somme. C'était son premier
essai dans ce genre ; un tour de la roue
de la Fortune allait décider si Marclof
resterait honnête, ou s'il deviendrait
un scélérat ; s'il eût perdu, le jeu n'aurait jamais eu d'attraits pour lui,

2.

7

malheureusement il gagna. Ayant em-
porté une assez forte somme, il se laissa
facilement entraîner une seconde, une
troisième fois dans cette caverne de
tous les vices ; il éprouva encore le
même bonheur. Comme l'argent gagné
ne lui coûtait rien, il le prodigua :
c'est la coutume de tous les joueurs.
Mais il éprouva bientôt que la Fortune
est une perfide qui ne vous caresse que
pour vous mieux trahir. Elle l'aban-
donna ; il perdit successivement plusieurs sommes considérables ; il s'obs-
tina à les vouloir recouvrer. Quelques
chances passagères lui en firent concevoir l'espérance ; mais chaque jour
ne faisait que le plonger plus avant
dans l'abîme, et il ne reconnut son erreur que lorsqu'il ne fut plus temps.

Tout son argent comptant avait disparu ; ses revenus étaient toujours
mangés six mois d'avance : sans cesse
obligé de recourir aux expédiens pour
se procurer de l'argent, qui disparaissait aussitôt qu'il l'avait touché,
son esprit ne fut plus occupé que des
moyens de s'en procurer, et tous lui
paraissaient bons. Il sentait bien l'horreur de sa conduite ; il sentait bien
qu'il serait lui-même un objet d'horreur, si elle était connue : aussi met-
tait-il autant de soins à la cacher,
qu'il se donnait de peines pour obtenir
l'argent nécessaire pour assouvir sa
passion. Qui aurait voulu confier un
écu à un joueur ? Il fallait donc inven-
ter des prétextes, appuyer un men-
songe par d'autres mensonges ; et ce

fut ainsi qu'il s'accoutuma par degrés
à déguiser ses vices sous le langage de
la vertu. Personne ne déclamait avec
plus d'énergie que lui contre la funeste
passion du jeu; personne n'était plus
austère dans son langage et dans sa
conduite; personne n'était plus assidu
aux exercices de la religion : l'emploi
de ses journées était connu et ap-
prouvé de tout le monde; mais l'emploi
de ses nuits n'était connu que d'un
petit nombre d'hommes corrompus,
qui avaient intérêt à se taire, attendu
qu'on ne peut dire à quelqu'un : *Je
vous ai vu dans tel endroit*, sans
courir le risque qu'on vous réponde :
C'est que vous y étiez! et de toutes
les passions, celle du jeu est celle qu'on
avoue le moins; les aveux, les confidences n'ont lieu qu'entre complices.

~~~~~~

CHAPITRE XX.

Dernières ressources d'un joueur.

MARCLOF, comme nous l'avons dit, avait quitté le commerce, et la raison en était toute simple; il faut placer des fonds dans le commerce, et l'argent du joueur est un objet sacré, comme pour l'avare; ce dernier l'enfouit et craint d'en faire usage, et le joueur le destine à disparaître d'une autre manière. Marclof, sous prétexte de se livrer aux spéculations de la banque, vendit ses maisons et ses terres, et se vit encore une fois en possession d'une somme considérable. Résolu de regagner a ec cela les faveurs de la Fortune, il jugea que Nantes n'était pas un théâtre digne d'un tel exploit: il voulait y ménager sa réputation, pour en user comme d'une dernière ressource. Un gain éclatant, une perte trop considérable pouvait avoir de la publicité malgré toutes ses précautions, et Paris lui parut un lieu plus sûr pour gagner ou perdre de grosses sommes, sans donner de célébrité à son nom. Il prétexta des affaires d'intérêt, fit ses adieux à ses amis et partit. Nous ne le suivrons ni dans les tripots obscurs, ni dans les coupe-gorges privilégiés où il exerça ses calculs, où il étudia ses martingales; il nous suffira de dire qu'il eut le même sort que tous les joueurs; il gagna, perdit, gagna de nouveau, pour perdre encore. Quand il avait été heureux, il s'empressait de retourner à Nantes, y restait quelque temps paisible, revenait ensuite à Paris; et il continua ce manége-là assez long-temps, sans éprouver de pertes considérables. Mais il est un terme à tout. Une malheureuse veine fit perdre à Marclof plus de la moitié de ce qu'il possédait. L'avenir alors, l'horrible avenir, escorté de la misère, du besoin, du mépris public et du désespoir, se présente à son imagination épouvantée. Un jour de plus à Paris, et cet avenir affreux pouvait se présenter. Risquera-t-il ce qui lui reste? S'il le perd, la mort est son unique refuge; s'il gagne, il est sauvé.

mais, pour cette fois, le danger lui
paraît si grand qu'il n'ose s'y exposer.
Il quitte Paris, et revient à Nantes,
avec les faibles débris d'une brillante
fortune; l'enfer est dans son cœur.
Habitué à déguiser ses sentimens,
et à cacher ses actions, on retrouve
sur son visage la même sérénité, dans
ses discours le même enjouement,
dans sa conduite la même régularité :
l'opinion publique, sa réputation lui
sont maintenant d'une plus grande
importance que jamais. Il a vu Julie,
et il l'adore; du moins il le lui dit.
Julie le croit; il le dit d'un ton si
touchant! il paraît si timide! ses vues
sont si honnêtes ! Julie n'est pas tout-
à-fait insensible à l'amour qu'elle inspire; elle supporte sans peine les assi-

duités de Marclof, et celui-ci se croit
au terme de ses vœux. Si vous croyez
pourtant que c'est Julie qu'il aime,
détrompez-vous : c'est sa dot, c'est sa
fortune qu'il convoite; il en calcule
déjà l'emploi; il la jouera, elle répa-
rera ses pertes. Les joueurs sont su-
perstitieux; on lui a dit que l'argent
des femmes portait bonheur. Ne dou-
tant pas qu'il ne soit aimé de Julie,
il hasarde enfin le grand mot; il de-
mande sa main à ses parens. On l'ac-
cueille avec bonté; son bonheur ne
dépend plus que du consentement de
Julie. Mais de quel coup de foudre
n'est-il pas frappé, quand celle-ci,
tout en rendant justice au mérite
qu'elle lui suppose, tout en adoucis-
sant la rigueur de son arrêt, déclare

qu'elle refuse positivement, que jamais elle ne se séparera de sa sœur?
Supplications, larmes f eintes, désespoir parfaitement imité, rien ne la flé-
chit; l'arrêt est irrévocable. Marclofru-
girait de rage, s'il n'était pas habi tué à
feindre, à maîtriser ses se ntime ns; mais
il dissimule, il espère encore : avec
la constance on vient à bout de toutes
les femmes. Alors on ne le voit plus
que dans les lieux écartés : il semble
fuir la société, il cherche la solitude ;
les traces du chagrin le plus profond
s'impriment sur son visage; tout le
monde le plaint, toutes les femmes
voudraient le consoler; on accuse la
cruauté, le caprice singulier de Julie.
Julie elle-même s'afflige d'être cause
de tant de douleur, admire, malgré

elle, un amour si sincère. Marclof, qui
ne perd pas si facilement l'espérance,
se présente à ses yeux de temps en
temps, emploie tous les moyens pour
la faire changer de résolution; tout
est inutile, et bientôt le bruit du mariage des deux sœurs avec les deux
Clarenville, ses parens, lui prouve
mieux que tout le reste l'inutilité de
ses efforts. Tout autre aurait admiré
cette tendresse si rare entre deux
sœurs ; mais Marclof n'y trouva qu'une
source de haine et de rage. Il ne
songea plus qu'à la vengeance, et ne
s'occupa plus que des moyens de l'obtenir. C'était peu pour lui que de
vouer son aversion à celle qu'il avait
feint de tant aimer : il jura dans son
cœur atroce, la perte des deux sœurs,

et la mort des deux frères. Sous prétexte de fuir le spectacle d'un mariage
qui le réduisait au désespoir, il prit
le reste de ses fonds et retourna à
Paris, pour se débarrasser de la contrainte où il était resté si long-temps.

Marclof arriva donc à Paris, avec
un cœur déchiré par deux passions
funestes, le désir de la vengeance et
l'amour du jeu. Mais comme il était
pour le moment hors d'état d'assouvir la première, il se livra à la seconde avec d'autant plus d'ardeur, qu'il
avait été plus long-temps à la contraindre. Ses premiers essais furent si
heureux, qu'il aurait pu encore revenir dans le sentier de la vertu, si
sa funeste passion n'eût déjà poussé
de trop profondes racines, pour pou-

voir être arrachée de son cœur. Ses
pertes étaient presque réparées; mais
Marclof avait fait trop de chemin dans
le vice pour revenir sur ses pas. Au
lieu de profiter des faveurs de la Fortune pour passer le reste de ses jours
en repos, il sentit croître sa cupidité
avec son bonheur. Il continua de jouer,
et, en peu de temps, il se vit encore
réduit à la seule somme qu'il avait
apportée de Nantes. Il frémit encore
en voyant l'abîme qu'il avait ouvert
sous ses pas; il se répandit en imprécations contre celui qui avait dirigé
ses premiers pas dans cette carrière
dangereuse; il regretta amèrement
surtout de ne pas avoir su s'arrêter
à temps, de ne pas avoir mieux
profité du retour de fortune qu'il

avait éprouvé, et finit par la résolution de risquer tout ce qui lui restait
pour regagner ce qu'il avait perdu.
« Oui, se disait-il ; je jure que, si je
réussis, jamais, non jamais de ma vie,
je ne toucherai une carte, ni un dé.
Je fuirai le jeu comme la peste. O
mon Dieu ! fais-moi la grace de recouvrer ce que j'ai perdu, et tu verras si
je suis fidèle à ma promesse. »

On voit que tout sentiment de religion n'était pas encore éteint dans
le cœur de Marclof ; mais déjà le
malheureux, rappelé à l'idée de la
Divinité par le malheur, n'avait plus
assez de raison pour distinguer le
juste de l'injuste : il invoquait Dieu,
et c'était pour le rendre complice de
sa fureur. Cependant Marclof pense

que Dieu doit exaucer sa prière : il
est sincère dans sa promesse, **du**
moins il le croit ; il est entièrement
converti, il déteste le jeu, il ne veut
plus jouer qu'une fois ! mais pour cela
il faut qu'il gagne. Dieu n'est-il pas
intéressé à faire un miracle pour
opérer une semblable conversion ? Af-
fermi dans cette magnanime résolution, mais tremblant cependant sur
le succès de sa démarche, Marclof
arrive dans la caverne où l'on dé-
pouille avec le plus grand sang-froid,
les dupes qui ont le malheur d'y entrer. La seule différence qu'il y ait
entre ce repaire et les autres cavernes
de voleurs, c'est qu'ici la victime vient
d'elle-même se faire écorcher : aussi
on n'y entend pas la moindre plainte.

Un soupir y exciterait l'indignation
ou le mépris : il semble que ce soit
une école de stoïciens, où l'on ap-
prend à braver la douleur; la gloire
ici, la seule gloire est de savoir souffrir et se taire. Et cela n'est-il pas
juste? De quel droit se plaindrait-on
d'avoir rencontré ce qu'on a si ar-
demment désiré ?

Marclof cependant fait deux parts
de la somme qui est maintenant tout
son espoir, toute sa fortune. Cette
somme serait encore suffisante pour
sauver de la misère un homme honnête et laborieux ; mais c'est si peu
de chose pour Marclof, qu'il aime
autant ne rien avoir, s'il ne peut en
avoir davantage. La première part
est sur le tapis vert ; les yeux de

Marclof sont attachés sur la roue de l'aveugle déesse ; la roue tourne avec rapidité, et cependant Marclof l'accuse de lenteur. La roue s'arrête, la Fortune prononce l'arrêt, et Marclof a perdu. Il ne dit rien ; mais il grince des dents ; il déchire en silence sa poitrine avec les ongles d'une main, et de l'autre jette tout ce qui lui reste sur la table. Dans ce moment cette somme que tout à l'heure il regardait comme rien lui paraît immense ; la recouvrer et fuir, voilà maintenant tout ce qu'il désire. En attendant son sort, une sueur froide se répand sur son corps ; il sent ses cheveux se hérisser, son cœur se serre : il peut à peine respirer. C'en est fait, tout est perdu, Marclof ne possède plus rien au monde! Projets de fortune, projets de réforme, tout vient de s'évanouir avec son dernier écu. La bouche béante, les yeux couverts d'un nuage épais, il reste long-temps dans un état de stupeur, et avec l'immobilité d'une statue. Mais bientôt il croit voir tous les regards fixés sur lui : la honte le rappelle à lui-même ; il sort le désespoir dans l'âme ; il court sans savoir où, il arrive sur un pont, et s'applaudit du hasard qui lui offre les moyens de finir par sa mort, ses regrets, ses craintes et sa douleur.

CHAPITRE XXI.

Nouveau genre de vie.

QUITTONS pour quelques instans
le spectacle hideux du vice, et re-
tournons à la maligne Elise que nous
avons laissée entourée de musique,
de livres et de dessins, à la grande
surprise de ses parens. Clarenville,
jetant les yeux autour du salon en
désordre, avait répété sa question :

« Mais dis moi donc, Elise, ce que
tout cela signifie.

— Cela signifie, dit Elise, que je me
suis ennuyée d'être seule, et que d'après
les avis que maman m'a donnés si souvent, j'ai voulu essayer si, en effet, les

beaux arts pourraient me procurer quelque agréable distraction; en conséquence, j'ai sur-le-champ rétabli ici tous ces bons amis qui en étaient exilés depuis si long-temps. Je croyais que j'aurais le temps de mettre tout cela en ordre avant votre retour; mais la passion de la musique m'a entraînée, et j'ai tout oublié pour *Malbroug*.

— Mais, ma chère Elise, dit madame Clarenville, quoique je ne puisse qu'applaudir à ce nouveau caprice, je ne puis cependant m'empêcher de te gronder; cet instrument était dans la chambre de M. Charles; et le prendre en son absence, sans son consentement, le priver arbitrairement d'un objet qui lui procurait un passe-temps agréable, en vérité, tout cela est d'une légèreté, d'une étourderie.......

—Maman, ne te fâche pas; tu vas voir que je n'ai pas tort. Le forté-piano était, j'en conviens, dans la chambre de M. Charles ; mais tu sais bien qu'il m'appartient, et qu'on prend son bien où on le trouve. J'avoue que cette raison-là n'est pas fort honnête, si je n'en avais pas eu d'autre pour agir ainsi. Le goût de la musique m'est revenu tout d'un coup ; attendre le retour de M. Charles pour obtenir son agrément, c'était m'exposer à perdre la noble résolution que je venais de former; je me méfiais de moi, je craignais de changer d'idée, et voilà pourquoi j'ai été si vite en besogne.

— Vous avez bien fait, Mademoiselle ; vous ne devez aucune excuse, dit Charles.

—Tu vois bien, maman, que j'ai bien fait. M. Charles le dit lui-même : j'étais bien sûre qu'il ne me désapprouverait pas. Me voilà donc complétement justifiée du côté de l'impolitesse et de l'oubli des convenances. Mais, outre cette raison, je suis assez franche pour vous avouer qu'il y avait une petite dose de malice dans mon fait. Monsieur Charles n'a pas besoin d'un meuble inutile dans sa chambre. Je me suis mise à la place de ce pauvre instrument que M. Charles n'a honoré qu'une fois ou deux de ses faveurs, depuis qu'il est ici.

— Il me semble, Mademoiselle, que ce reproche.....

— Oui Monsieur, oui, c'est un reproche que je vous fais. Certainement
si je savais comme vous en tirer des
sons aussi mélodieux, je ne serais pas
des semaines entières sans y toucher,
surtout quand je serais persuadée qu'on
a tant de plaisir à m'entendre. Cela
n'est pas bien, entendez-vous ?

— Ah! si j'avais pu deviner que
vous y attachiez le moindre intérêt....

— Vous en auriez touché plus souvent, n'est-ce pas ? Eh bien, Monsieur,
c'est moi qui vous apprends que papa
et maman vous écouteraient avec ra-
vissement; que moi-même j'ai été....
Mais nous verrons bien si vous dites
ce que vous pensez; vous avez entendu comme j'écorche les oreilles;
eh bien, voyez-vous, quand vous se-

rez ici, je me mettrai quelquefois au
forté-piano, je ferai mon charivari;
et si je vous étourdis, je vous dirai:
« Monsieur, mettez-vous là, et faites
mieux. De cette manière j'aurai un
double avantage, le plaisir de vous
entendre, d'abord; ensuite, la faculté
de voir comment vous vous y prenez:
je vous étudierai, je tâcherai de vous
imiter et d'attraper un peu de votre
science.

— Faisons mieux, Mademoiselle ;
si vos parens veulent bien le permet-
tre, je me ferai un véritable plaisir
de vous diriger dans cette étude et
de vous donner des leçons.

— O mon ami, dit Clarenville, en
lui serrant cordialement la main, de
quel poids vous me soulagez! Vous ve-

ñez de faire à Elise une proposition
que je brûlais depuis long-temps de
vous faire moi-même. Oui, donnez-
lui des leçons ; elle en a besoin ; elle
est en âge maintenant d'en sentir
l'utilité, et surtout d'en profiter. Depuis le matin jusqu'au soir vous vous
livrez exclusivement à des occupations
sérieuses et rebutantes ; toujours des
chiffres, toujours des calculs ; cela fatigue et pourrait à la longue altérer
votre santé. Cette nouvelle occupation, du moins, vous distraira. »

Elise était au comble de la joie ; son
petit plan avait parfaitement réussi :
la pauvre enfant n'alléguait, à la vérité, que le désir qu'elle avait de
s'instruire ; mais, si elle avait voulu
scruter le fond de son cœur, elle au-

2.   9

rait bientôt été forcée d'avouer que le désir de voir et d'entendre le beau jeune homme entrait encore plus dans son projet que l'amour des beaux-arts. Elle était si impatiente, qu'elle aurait voulu commencer la leçon sur-le-champ. Sa mère souriait de son empressement, secouait la tête et disait : « Ma chère Elise, je crains bien que ce beau feu-là ne dure pas long-temps. » Et Elise, s'approchant d'elle, l'embrassa et lui dit à l'oreille : « Je te dis que j'apprendrai bien ; il y a une grande différence entre M. Charles et tous les *Marabouts* que tu m'as donnés pour maîtres. » Madame Claren-ville à ces mots prit un air sérieux ; elle ne vit pas sans une espèce d'effroi la prédilection qu'Elise avait pour leur jeune hôte ; elle crut y entrevoir les symptômes d'une passion naissante ; mais un regard jeté sur Charles rassura, en partie, ses craintes. Il était de nouveau plongé dans une profonde mélancolie ; il paraissait absolument étranger à tout ce qui se passait autour de lui ; et d'ailleurs il y avait dans tous ses traits une expression de vertu et de probité, qui repoussait toute idée de séduction de sa part. Cependant, en mère prudente, elle se promit bien d'assister à toutes les leçons, et de si bien surveiller sa fille, quoique sans affectation, qu'il n'y aurait entre nos deux jeunes gens d'autres rapports que ceux qui seraient nécessités par l'étude.

Quant à M. Clarenville, il partageait sincèrement la joie d'Elise ; il ne voyait que le profit que sa fille pourrait retirer des leçons d'un homme instruit : la sollicitude d'un père ne s'étend jamais si loin que celle d'une tendre mère ; l'empressement d'Elise ne lui paraissait qu'un effet naturel de son caractère et de son éducation, et l'idée d'une inclination quelconque était bien loin de son esprit.   -

Pour Charles, la promesse qu'il venait de faire, les entrevues fréquentes qu'il allait avoir avec Elise lui causaient une sorte de terreur. Il regrettait la solitude à laquelle on allait l'arracher. Seul, loin des hommes il ne redoutait point leur importunité ;

l'idée d'une question indiscrette le faisait frémir ; mais ses craintes étaient
l'ouvrage de ses réflexions, de son
esprit ; et l'offre qu'il venait de faire,
était l'élan de son cœur, toujours
bon, toujours reconnaissant.

Le reste de la soirée fut employé
à remettre en ordre les différens objets qu'Elise avait entassés dans le
salon, qui bientôt fut transformé en
salle d'étude ; et le lendemain, une
demi-heure avant l'époque convenue,
Elise attendait son nouveau maître
pour prendre sa première leçon. Elle
l'accusait déjà de paresse lorsqu'il
entra. Après avoir salué, il s'assit à
côté d'Elise, qui lui demanda : « Quel
cahier allons nous prendre ?—Celui-ci,
dit-il, en le mettant entre ses mains. »

Elise ouvrit le livre ; et voyant qu'il n'y avait pas de musique dedans :

« Vous vous êtes sûrement trompé, Monsieur ; je ne vois pas une note dans ce livre.

— Je le sais, Mademoiselle ; mais, en musique, comme en tout autre art, il faut d'abord commencer par apprendre les principes : autrement on n'a jamais que des connaissances superficielles. Vous me permettrez donc de vous conduire par gradation. Tenez, faites-moi le plaisir de me lire ce chapitre à haute voix.

— Vous voulez que je lise cela?

— Certainement ; c'est la méthode qu'on m'a fait suivre.

— Et que je lise à haute voix?

— Cela est nécessaire pour que je puisse vous expliquer les passages qui vous paraîtraient difficiles à comprendre. »

Elise baissa la tête sur sa poitrine, garda le silence pendant quelques minutes, laissa tomber le livre de ses mains, puis se leva tout à coup en versant un torrent de larmes. Charles ne comprenant rien au sujet de son affliction, la suivait des yeux avec le plus vif intérêt. « Mademoiselle, lui dit-il du ton le plus touchant, vous aurais-je offensée sans le savoir? Qui fait donc couler vos larmes? » Elise ne répondit qu'en redoublant ses pleurs et ses sanglots : elle paraissait près d'étouffer. Sa mère, inquiète de la voir dans cet état, mais

néanmoins intérieurement satisfaite
de cette affliction dont elle pénétrait
bien la cause , se leva ; et prenant
Elise dans ses bras , elle la serra
tendrement contre son cœur, et lui
couvrant les joues de baisers : « Ne
pleure pas , ma fille , lui dit-elle ;
quelle idée Monsieur peut-il avoir
en te voyant ainsi verser des larmes
sans aucun motif apparent? »

— Ah! oui , dit Elise d'une voix
entrecoupée par des sanglots, et en
cachant son joli visage baigné de
larmes sur le sein de sa mère, oui,
quelle idée aura-t-il de moi, quand
il apprendra que je... que... Ah! »

Elle ne put achever; un sentiment
d'orgueil, de honte, si l'on veut, l'em-
pêcha de faire l'aveu qui était près

de lui échapper. Charles, surpris au
dernier degré, se sentait attendri et
embarrassé en voyant couler des larmes sans en connaître la cause. Madame Clarenville eut pitié de l'état
de sa fille. « Sans doute, dit-elle,
je conçois bien la gêne et l'embarras
où t'a réduite la proposition de monsieur Charles; mais un chagrin aussi
violent n'est pas excusable. Au lieu
de pleurer comme tu fais, ne va-
lait-il pas mieux lui dire franche-
ment : Monsieur, vous voulez que je
lise à haute voix; mais je ne sais pas
assez bien lire pour cela. Je sais bien
que cet aveu est pénible; mais crois-
tu que Monsieur t'eût méprisée pour
cela, ou qu'il soit assez peu indulgent
pour se moquer de toi? — Ce n'est

que cela! s'écria Charles, transporté
de joie; c'est ajouter à mon bonheur,
que de m'indiquer un service de plus
à vous rendre. Consolez-vous, Mademoiselle, prenez courage; quand on
sent aussi vivement que vous le prix
d'une science, on est bien sûr de l'acquérir. Si vous avez le courage de
braver l'ennui des premières leçons,
vous saurez bientôt lire aussi bien
que nous. Nous ferons marcher la lecture de pair avec la musique; nous
alternerons : l'une servira de délasse-
ment à l'autre. Reprenez votre place,
nous allons commencer. »

L'aveu de son ignorance était ce
qui coûtait le plus à Elise, et sa mère
l'ayant fait pour elle, son cœur se
sentit promptement soulagé, surtout

quand elle eut entendu l'offre de
M. Charles, et qu'elle eut vu la joie
qu'il montrait de pouvoir lui être
utile. Elle ne répondit rien ; mais un
regard touchant, qu'elle jeta sur son
jeune maître, lui rendit toute l'expression de sa reconnaissance beaucoup
mieux que des paroles n'auraient pu le
faire. Elle essuya donc ses beaux yeux,
et vint reprendre sa place à côté de
Charles. Elle prit le livre qu'elle avait
quitté, et se mettant en devoir de le
feuilleter, ses yeux tombèrent sur la
gravure du frontispice. Son chagrin
était entièrement dissipé, et comme
elle se sentait plus à l'aise, elle
demanda à Charles quel était le
sujet de la gravure. « C'est le
Parnasse, répondit-il : vous y voyez

Apollon, les neuf Muses, et le cheval Pégase. »

Elise ouvrait de grands yeux qu'elle portait alternativement sur la gravure et sur Charles, comme pour voir s'il ne se moquait point d'elle. « Apollon, dit-elle en balbutiant, les neuf Muses! Je ne connais pas ces gens-là. Mais ce cheval que vous nommez.... Pégase, je crois, ne ressemble pas aux autres, il a des aîles!

— C'est qu'on suppose que c'est lui qui porte sur le Parnasse les grands génies, les poètes, les musiciens.--C'est une plaisanterie, sans doute ; et de quel côté est donc ce mont Parnasse ? Je n'ai jamais entendu parler de cette montagne-là à Saint-Domingue. — Le mont Parnasse est en Phocide, dans

la Béotie. — Eh bien, Monsieur, me
voilà aussi savante que je l'étais. Vous
allez peut-être vous moquer de moi ;
mais, puisque vous voulez bien être
mon maître, c'est à vous à m'instruire.
Ce monsieur Apollon vit-il encore
Et ce cheval ailé existe-t-il réellement ? Ne me trompez pas surtout. »

Charles souriait des questions in-
génues d'Elise ; mais voyant qu'elles
provenaient de l'ignorance complète
où elle était restée, il lui expliqua
avec beaucoup de complaisance et
de douceur, quelles étaient les connaissances qu'elle avait besoin d'acquérir, pour comprendre une infinité
de choses qu'une personne bien élevée
ne peut ignorer sans honte. Elise écou-
tait avidement tout ce qu'il lui disait :

effrayée de la quantité de choses
qu'elle avait à apprendre, elle aurait
sur-le-champ abandonné tout projet
d'études, si Charles ne l'eût rassurée et
encouragée. « Les Muses, lui disait-
il, sont sœurs; liez seulement connaissance avec une d'entre elles, et
celle-là vous fera connaître les plus
aimables de la famille, et celles dont
la familiarité vous sera le plus utile.
Nous laisserons de côté celles dont
l'air trop sérieux pourrait vous effa-
roucher; vous pouvez vous passer de
mesurer l'étendue des cieux avec le
compas d'Uranie; mais vous ne pour-
rez vous dispenser de connaître au
moins le globe que nous habitons, et
de savoir quels sont les hommes qui
l'ont illustré par de grandes actions,

bonnes ou mauvaises. Ainsi, Mademoiselle, nous partagerons notre temps entre la lecture, l'écriture, le dessin, la musique la mythologie, la géographie et l'histoire. — O Ciel! s'écria Elise, jamais je ne saurai tout cela! Il faudrait étudier pendant vingt ans pour posséder toutes les sciences que vous venez de nommer. —Désabusez-vous; excepté la musique et le dessin, toutes les autres peuvent s'apprendre simultanément. En apprenant à lire, vous apprendrez en même temps la mythologie, l'histoire et la géographie. Cette étude ne sera pas fatigante; elle n'exige que de l'attention et de la mémoire. — De l'attention! Oh! Je serais bien coupable si je ne vous donnais pas toute la mienne.

C'est bien la moindre chose que je puisse faire pour récompenser le mal que je vais vous donner. Je crains plutôt de vous rebuter par mon peu d'intelligence ; j'ai la tête dure, et je vous donnerai bien de la peine. »

Il fut donc convenu, comme Charles venait de le dire, que les heures du jour seraient distribuées entre les différentes branches d'études, et l'on commença de suite, en présence de madame Clarenville, qui se proposa d'assister à toutes les leçons, sous le prétexte du plaisir qu'elle en ressentait et du fruit qu'elle en retirerait ; mais, dans le fait, son véritable but était de surveiller l'inexpérience de sa fille, et d'empêcher, par sa présence, que des leçons plus dangereuses ne vinssent se mêler à l'étude des sciences.

~~~~~~

CHAPITRE XXII.

On finit par être fripon.

L'HABITATION de M. Clarenville n'offre plus maintenant que l'image du calme et de la tranquillité. M. Clarenville a fait passer à Nantes une copie du testament que lui a remis Durivage : cette copie est revêtue de toutes les formes authentiques et légales ; il y a joint sa procuration, et a envoyé le tout à un honnête négociant qui se chargera de toutes les démarches nécessaires pour assurer la fortune d'Elise. Celle-ci, toute entière à l'étude, y consacre toutes ses journées avec une assiduité et un zèle

2. 10

dont on ne l'aurait jamais cru capable;
elle fait des progrès rapides, et cela
n'est pas étonnant : cette fois-ci son
maître lui plaît. Madame Clarenville,
témoin continuel des leçons que l'on
donne à sa fille, goûte une douce satisfaction, en voyant enfin son esprit
s'orner de jour en jour, et son éducation se perfectionner davantage. Durivage ne se montre plus, il est censé
absent; ainsi l'on voit qu'un tel état
de choses n'est pas favorable pour un
romancier : il lui faut des événemens
extraordinaires, des catastrophes ef-
frayantes. Aussi, de peur d'ennuyer
mon lecteur en le faisant assister ré-
gulièrement aux leçons d'Elise, nous
allons le ramener à Paris, où nous
avons quitté brusquement un person-

nage de cette histoire, dans une situation très-critique.

Marclof, ainsi que nous l'avons dit, était arrivé sur un pont, sans aucun dessein prémédité ; il était agité par le plus violent désespoir ; il marchait quelquefois comme un fou, puis s'arrêtait soudain pour se parler à lui-même, ou pour laisser un libre cours à la rage qui le transportait. C'est ce qu'il fit quand le bruit des flots l'avertit que la Seine roulait sous ses pieds. « Où vais-je ? dit-il d'une voix sombre. Je n'ai plus rien au monde ; je n'ai pas même l'espoir d'inspirer la pitié : personne ne plaint un joueur malheureux. Oh! maudit soit le misérable qui m'a introduit le premier dans ce gouffre infernal ! Maudit soit l'instant fatal où

j'ai hasardé la première pièce d'argent!
Que le premier or que j'ai gagné ne
s'est-il fondu dans ma main? Que ma
main ne s'est-elle desséchée? Je serais
riche aujourd'hui, estimé, considéré;
et la honte et la misère m'attendent!
Irai-je m'exposer aux yeux de mes
concitoyens, et perdre en un instant
une réputation que j'ai acquise et sou-
tenue avec tant de peines? Et quand
même je serais assez lâche pour m'exposer à cette humiliation, en ai-je le
pouvoir? Où trouver maintenant de
quoi faire ce voyage, quand il ne me
reste pas même de quoi déjeûner demain? Non, non! la mort, la mort!
voilà la seule ressource qui me reste.
Que ces flots engloutissent et ma
honte et ma misère! »

Il s'élançait sur le parapet ; c'en était fait de lui lorsqu'il se sentit retenir par un bras vigoureux. « Etes-vous fou ? lui demanda-t-on. Est-ce qu'on se noie pour une misère comme celle-là ? Allons, allons, venez avec moi, et vous verrez que vous n'êtes pas encore si malheureux que vous vous l'imaginez. » Marclof, étonné de cette rencontre et des paroles qu'on lui adressait, se retourna, et, à la lueur du réverbère, il reconnut un homme avec lequel il avait joué souvent dans des tripots, et qui lui avait gagné des sommes considérables. Du reste, il ne savait ni qui il était, ni comment il se nommait. Cependant comme il le connaissait de vue, qu'il en était également connu, il n'éprouva pas avec

lui la même honte qu'il aurait ressentie
à l'aspect d'un homme absolument
étranger ; pour lui : un joueur est toujours sûr d'obtenir la confiance d'un
joueur. Marclof se laissa donc prendre
par le bras sans résistance, et conduire
comme un enfant par celui qui venait
de lui sauver la vie. Tout en mar-
chant, le libérateur inconnu ne cessait
de répéter : « Se noyer pour une misère comme celle-là!... mais cela n'a
pas le sens commun. »

Marclof soupirait de temps en temps;
il n'était pas fâché qu'on l'eût arraché
à la mort : la résolution de mourir
s'évanouit promptement, mais comment ferait-il pour vivre? Voilà ce
qui l'inquiétait. « J'ai été témoin de
votre manière de jouer, lui dit son

guide ; un novice, un écolier n'aurait
pas perdu plus gauchement. Ce n'est
pas dans les jeux publics qu'il faut aller
quand on a envie de gagner ; il n'y a
qu'à perdre là : vous auriez tous les
fonds du trésor royal, qu'ils y passe-
raient tous. Je vous aurais bien averti ;
mais, ma foi, j'ai dit : Tant pis pour lui!
puisqu'il veut se ruiner, qu'il se ruine !
Cependant quand j'ai vu la grimace
que vous faisiez après avoir perdu
votre second coup ; quand je vous ai
vu sortir avec la figure toute décom-
posée, j'ai prévu ce que vous alliez
faire, et je vous ai suivi pour vous
empêcher de faire une sottise. Mais
nous voici arrivés à notre destination ;
suivez-moi, et soyez sans inquiétude. »

Que pouvait craindre Marclof ? Il

n'avait rien à perdre : sa vie était le
seul bien qui lui restait, et on a vu le cas
qu'il en faisait ; le seul sentiment qu'il
éprouvait dans ce moment était celui
de la curiosité. Quel était cet homme?
Que lui voulait-il? Où le conduisait-il?
Voilà les questions qu'il se faisait en
montant un escalier sombre et étroit,
jusqu'au cinquième étage, où son guide
s'étant enfin arrêté, frappa à une porte
qu'on lui ouvrit sur-le-champ. Il fit
entrer Marclof dans une chambre spa-
cieuse, ou plutôt un grand galetas, où
il ne fut pas médiocrement surpris du
spectacle qui s'offrit à ses yeux. Autour d'une grande table ronde, cou-
verte de plats et de bouteilles, étaient
assises une douzaine de personnes des
deux sexes, qui se levèrent et firent un

cri de joie en l'apercevant. Marclof
reste interdit en reconnaissant dans
cette honorable société, des comtes,
des marquises, des ducs, des vicom-
tesses, enfin toutes personnes titrées
avec lesquelles il avait eu plus d'une
fois l'honneur de perdre son argent.
« Eh bien! dit une de ces dames,
il est donc achevé, puisque tu nous
l'amènes. — Oh! je t'en réponds, et complétement. — En ce cas, il faut que je
l'embrasse, et que je lui en fasse mon
compliment. »

Et la petite vicomtesse se levant,
essuye sa bouche, et vient appliquer
deux gros baisers sur les lèvres de
Marclof, qui, stupéfait de ce qu'il voit
et de ce qu'il entend, ne sait plus s'il
veille ou s'il rêve. « Allons, mon

2.   11

petit homme, lui dit la vicomtesse en
le prenant par la main et l'entraînant
à table, viens te mettre à côté de moi ;
je te prends sous ma protection, j'aime
à la fureur les gens qui se ruinent au
jeu. » Marclof allait demander une explication, on ne lui en donna pas le
temps. « Vous aurez tout le temps de
causer, lui dit-on ; pour le moment, il
faut boire et manger, vous devez en
avoir besoin. »Marclof n'était pas dans
une situation d'esprit propre à se livrer aux plaisirs de la table. Mais,
prié, encouragé, excité sans relâche
par chacun des convives, il fallut bien
céder à leurs importunités, et il finit
par boire et manger comme eux. Quelques verres de vin bannirent assez les
idées sombres qu'il avait apportées,

pour qu'il pût réfléchir sur sa bizarre
situation, et observer plus attentivement les manières, le ton et le langage
de la *haute noblesse* dont il se voyait
entouré. De grosses plaisanteries bien
équivoques, bien indécentes; des ex-
pressions triviales, grossières, voilà
pour le langage. Bientôt le vin échauf-
fant toutes les têtes, il ne fut plus possible de s'entendre; tout le monde
riait, criait, parlait ou chantait à la
fois. Des discours, on en vint aux
gestes; toute réserve, toute pudeur
disparut; et ces femmes, qui naguère
se déguisaient sous des titres pompeux,
bannissant alors toute contrainte,
n'offrirent plus aux yeux de Marclof
étonné, que des bacchantes effrénées,
que d'infâmes prostituées. Il fut un

temps, où révolté des scènes hideuses qu'on étalait alors à ses yeux, et des discours licencieux dont on frappait ses oreilles, Marclof, conservant encore un reste d'honnêteté, aurait fui loin de ce lieu, où tout était fait pour navrer le cœur et révolter les sens; mais la passion du jeu, l'habitude de fréquenter les tripots l'avaient depuis long-temps rendu moins scrupuleux sur le choix de sa société; et dans ce moment les vapeurs du vin, largement versé par la main de la vicomtesse, avaient étouffé le peu de raison qui lui restait. Il n'était plus temps de se le dissimuler, il voyait clairement qu'il était dans un rassemblement d'escrocs et de femmes perdues; chacun y vantait ses prouesses; on comptait les dupes qu'on avait faites ; l'argent qu'on avait escroqué ; et l'on citait les joueurs qu'on se proposait encore de plumer. Il eut bien envie de se fâcher et de se récrier quand il entendit que la plupart des sommes qu'il avait perdues en maudissant la rigueur de la fortune, lui avaient été enlevées avec adresse par plusieurs membres de cette *honorable société.*

Continuellement agacé par la petite vicomtesse qui s'était entièrement emparée de lui, et qui ne lui épargnait pas plus le vin que ses lubriques caresses, Marclof fut bientôt hors d'état de voir ou de réfléchir ; un nuage épais se répandit sur ses yeux, sa raison se troubla, il se laissa entraîner par la sirène, et le lendemain il s'éveilla entre

ses bras, n'ayant plus qu'un souvenir
confus de ce qui s'était passé la veille.
Cependant les vapeurs du vin s'étaient
dissipées, et l'aspect du théâtre de ses
orgies lui eut bientôt rendu le sentiment de ses peines, et l'horreur de
sa situation. « Où suis-je, s'écria-t-il
en repoussant Fanny (c'était le nom
de la prétendue vicomtesse)? Qui m'a
conduit ici? » Fanny partit d'un grand
éclat de rire. « Eh bien! mon petit
homme, te voilà donc réveillé ? J'ai
cru que tu allais dormir jusqu'au jugement dernier.

—Ah! plût au Ciel que je ne me fusse
jamais éveillé! Pourquoi m'a-t-on em-
pêché de terminer mes jours hier! je
serais heureux aujourd'hui!

— Ah ça! vas-tu recommencer tes

jérémiades ? Je n'aime pas les lamentations, je t'en avertis! Ingrat! Tu ne
sens pas ton bonheur ; comme s'il ne
valait pas mieux s'éveiller dans les
bras d'une jolie femme, que de se
coucher dans la Seine ! Au surplus,
mon ami, ce qui est différé n'est pas
perdu ; quand nous t'aurons appris
ce que nous voulons faire de toi, tu
seras toujours libre de choisir ; si le
sort qu'on te prépare ne te plaît pas,
bon voyage ; je te reconduirai moi-
même où l'on t'a pris, et je ne t'em-
pêcherai point de faire le *plongeon*
à ton aise. Allons, levons-nous, et ne
fais pas la moue. »

Marclof obéit en silence, et jetant
les yeux autour de la chambre dont
le plancher était encore couvert des

débris de la saturnale de la veille,
il vit que de toute la bruyante société,
il ne restait plus que lui, Fanny et son
libérateur. Celui-ci, assis à l'extrémité
de la table, tenait en main un jeu de
cartes, et jouait tout seul. Près de lui
était un trictrac, un cornet, des dés
et tous les instrumens des jeux de hasard. Semblable à un vieux coursier
qui, au son de la trompette, dresse
encore les oreilles, souffle des narines,
et oubliant son âge et sa faiblesse, fait
un mouvement inutile pour voler aux
combats, Marclof, à l'aspect des funestes instrumens de sa passion et de
sa ruine, se sent entraîner vers le
joueur solitaire, et, d'un ton qui annonçait le désir qu'il nourrissait toujours : « Comment, lui dit-il, vous
jouez seul?

— Comme vous voyez, je pelote
en attendant partie : j'attends que
vous soyez prêt pour faire la mienne
avant le déjeûner.

— Voyons, voyons, dit Marclof
avec vivacité. Puis s'arrêtant tout
à coup : Et que voulez-vous que je
joue ? vous savez bien que je n'ai pas
le sou.

— Qu'à cela ne tienne, dit Fanny,
tiens, mon petit homme, tiens, voilà
vingt-cinq louis que je te prête, si tu
gagnes ; si tu perds, je t'en fais cadeau.» En disant cela, la maligne drô-
lesse fit au libérateur un signe d'intelligence, que celui-ci comprit fort
bien ; mais qui échappa aux regards
de Marclof. Pour lui, il ne se fit pas
prier, il accepta les vingt-cinq louis ;

et, en un clin d'œil, il était assis,
les cartes à la main, en face de son
provocateur. Le plaisir pétillait dans
ses yeux. « Que jouons-nous, dit-il ?
— Ce que vous voudrez. — Je me
ferais un scrupule de gagner beaucoup à un homme qui m'a sauvé la
vie ; mais enfin c'est vous qui me pro-
voquez ; jouons, pour commencer,
un louis par cent de piquet. — J'accepte. Je connnais votre force ; ne
m'épargnez pas, jouez tout votre jeu.
— Vous avez l'air de me plaisanter ;
mais, si les as me viennent je vous
gagnerai, tout comme un autre.—Les
as : vous n'en aurez pas ! — Je n'en
aurai pas ? Ah ! vous savez cela d'a-
vance ! celui-là est fort. C'est à moi à
donner, coupez. »

Marclof donne les cartes, arrange son jeu prend le talon, point d'as! « Quinte, quatorze, capot, dit Firmin (c'était le nom du libérateur). Et d'une de gagnée. — C'est singulier, dit Marclof, et si je n'avais pas donné les cartes.....

— A votre tour : coupez ; bon ; Maintenant, je vous préviens que vous aurez toutes les figures ; et malgré cela vous perdrez la partie. — Vous m'effrayez ; mais cela n'est pas possible. »

Marclof suit les doigts de son joueur de tous ses yeux, il ne voit rien qui puisse lui faire soupçonner la moindre supercherie, et n'en est que plus étonné quand il voit que, malgré sa surveillance, la prédiction de Firmin est accomplie. « Vous avez encore perdu, dit l'escroc ; à la vérité je n'ai ni rois, ni dames, ni valets ; mais j'ai cinq cartes au point, qui sont bonnes, cinq et une quatrième basse cela fait neuf ; une tierce au dix, douze et quatorze d'as sont vingt-six, et quatorze de dix valent cent. — Il faut avouer, dit Marclof étonné, que vous jouez bien heureusement. — Tenez, mon cher, la chance ne vous est pas favorable au piquet ; changeons de jeu ; prenons les dés, et jouons au *passe-dix.* »

Marclof consent ; mais à ce nouveau jeu, son étonnement et son dépit redoublent : il n'amène que de petits points ; Firmin n'amène que des cinq et des six. En un clin d'œil les vingt-

cinq louis ont disparu. Il enrage,
soupçonne de l'adresse, mais n'y peut
rien comprendre. Firmin garde un
sang froid imperturbable, et Fanny
se tient les côtés et riait aux éclats.
« Mon petit homme, lui dit-elle, tu
vois bien que tu perdrais tout l'or du
Pérou, s'il était en ton pouvoir. C'est
une leçon que nous avons voulu te
donner; et j'espère que tu en profi-
teras si tu veux écouter et mettre en
pratique ce que nous allons te dire. »

Mais comme la conversation de
nos trois personnages, ou de nos trois
héros, pour parler en style de roman,
pourrait être un peu longue, nous
allons en faire un chapitre à part;
ceux qui ne voudront pas le lire, auront la faculté de le passer, ils n'y
perdront pas beaucoup.

~~~~~~~~~~~~~~~~~~~~~~~~~~~~~~~~~~~~~

CHAPITRE XXIII.

Continuation du précédent.

Ce fut Firmin qui prit la parole :
« Mon cher Marclof, dit-il, car je crois
que c'est ainsi qu'on vous nomme ;
tromper ou être trompé ; être dupe
ou fripon : voilà le sort des hommes
en ce monde, et je ne vois pas de
milieu entre ces deux extrémités.
Mais c'est surtout aux joueurs que
ceci s'applique sans exception : vous
en avez fait la triste expérience par
vous-même. Si la première fois que
vous vous mîtes au jeu, je vous eusse
assez connu pour vous dire le sort
qui vous attendait, ou vous ne m'au-

riez pas cru, ou maintenant vous auriez doublé, triplé votre fortune. Il est bien reconnu, bien avéré que jamais on ne peut s'enrichir en jouant de bonne foi ; la fortune n'est pas femme pour rien, elle est capricieuse comme une coquette, et tôt ou tard elle vous fait payer cher ses faveurs. Toutes les personnes que vous avez vues hier ici ont fait la même école que vous ; tous ont gagné quelquefois ; et tous ont fini par tout perdre. Qu'en conclure ? Qu'il ne faut pas jouer ? Je suis bien loin de donner un semblable conseil ; c'est comme si l'on disait qu'il ne faut pas faire la guerre, parce qu'on peut perdre une bataille, car rien ne ressemble mieux à la guerre que le jeu. On se

bat pour prendre des villes, on joue
pour dépouiller son adversaire. Or,
dites-moi, je vous prie, si l'on a jamais blâmé un général pour avoir
gagné des batailles en employant
quelques ruses de guerre ?

— Votre comparaison n'est pas
juste, mon cher Firmin; on ne blâme
pas les ruses de guerre, parce qu'elles
sont autorisées par le droit des na-
tions et qu'elles font partie de l'art mi-
litaire ; mais au jeu, il n'en est pas
ainsi, on doit défendre son argent et
attaquer loyalement ; ici la moindre
ruse est considérée comme une fri-
ponnerie. La probité, l'honneur.....

— Bah! voilà de bien grands mots!
Qui est-ce qui blâme les ruses du jeu ?
Celui qui n'a pas le talent de s'en

servir. Au fait, pourquoi joue-t-on?
C'est pour gagner, n'est-ce pas? Et si
j'ai un moyen sûr de réussir, pourquoi
serais-je donc assez imbécile pour ne
pas l'employer? Convenez que vos
scrupules ne viennent que de la
crainte d'être découvert. Eh bien!
voilà le grand art qu'il faut acquérir,
et dont il faut faire usage avec toute
la prudence possible. Il n'y a pas de
doute que si je jouais avec quelqu'un
pendant une journée entière, ou
pendant plusieurs jours consécutifs,
comme je viens de jouer avec vous
tout à l'heure, l'imbécile que j'aurais
dépouillé aurait bientôt des soupçons,
et ensuite la conviction que je l'ai
trompé. Mais il faut savoir perdre à
propos, et réserver son talent pour

les grands coups, pour les parties dé-
cisives. Ecoutez : nous formons une
société de quinze ou seize personnes,
tous honnêtes gens, quoique fripons;
tout ce que nous gagnons est loyalement apporté à la masse, et partagé
entre tous avec la plus scrupuleuse
exactitude. Vous serez initié dans tous
nos secrets; on vous donnera des leçons; vous ferez bonne chère; vous
aurez de l'or, de bon vin, de jolies
femmes, et vous conviendrez que cela
vaut encore mieux que de se jeter
dans la Seine. Hein! qu'en dites-vous?»

Marclof réfléchissait; un reste de
délicatesse lui inspirait encore un peu
de répugnance à accepter cette proposition; mais il était sans ressources,
la passion du jeu l'emportait dans

son cœur sur tout autre sentiment,
et la honte seule de se rendre aussi
facilement l'empêchait de répondre.
« Vous hésitez, dit Firmin, songez donc
que ceux qui vous ont gagné votre
argent n'ont pas été si scrupuleux
que vous : vous ne ferez que reconquérir ce qu'on vous a enlevé, et cela
par les mêmes moyens.

— Mais, dit Marclof, plus d'à
moitié vaincu, je ne sais rien, et il
se passera encore bien du temps avant
que je puisse acquérir assez de dexté-
rité pour vous être de quelque utilité,
pour être, par exemple, aussi savant
que vous.

— Oh! qu'à cela ne tienne! En un
quart d'heure de temps, je vous en apprendrai assez pour avoir le droit de

partager dès aujourd'hui les bénéfices
avec nous. Vous ne savez donc pas
que vous êtes un homme précieux
pour notre société : tous les joueurs
de profession vous connaissent de
vue, tous ont été témoins de votre
jeu loyal et par conséquent de vos
pertes ; personne ne se méfiera de vous.
Ce soir nous vous introduirons dans
une maison, chez des personnes de
qualité où l'on joue le brelan.
Vous hasarderez quelques pièces d'or ;
si vous gagnez tant mieux, si vous
perdez, c'est égal : vous quitterez le
jeu ; mais vous serez alors spectateur
apparent et acteur secret.

— Acteur secret ? Comment entendez-vous cela ?

— Vous connaissez le brelan ? N'est-

il pas vrai qu'on serait certain de gagner si l'on connaissait le jeu des
autres ? Eh bien ! Quand l'un de nous
joue, deux ou trois de nos camarades, qui paraissent étrangers les uns
aux autres, se tiennent derrière les
joueurs, observent leur jeu, et au
moyen de signes convenus et imper-
ceptibles pour tout autre que nous,
font connaître à celui de notre société qui joue, toutes les cartes de ses
adversaires ; par ce moyen-là, sachant
s'il doit *passer* ou *tenir*, il est sûr de
toujours gagner.

— Mais si vous gagnez toujours,
vous devez finir par ne plus trouver
personne qui veuille faire votre partie ?

— Votre réflexion serait juste, si

c'était toujours la même personne qui jouât, et toujours avec les mêmes joueurs. Mais notre société, comme je vous l'ai dit, se compose de quinze ou seize personnes qui en public n'ont pas l'air de se connaître ; on se relaie, chacun a son jour, son quartier ; on change, et cela éloigne tous les soupçons. Hier, par exemple, j'ai ruiné quelqu'un au Marais ; aujourd'hui, je ne paraîtrai qu'au faubourg St.-Germain ; ou bien je ferai ma partie dans la même maison avec quelqu'un de notre société, et je me laisserai tout gagner. Oh ! nous savons tout prévoir. Pour le moment nous allons Fanny et moi vous apprendre les signes d'intelligence, et vous exercer jusqu'à ce que vous les fassiez ou que

vous les compreniez aussi bien que
nous. Cela ne vous sera pas difficile ; et dès ce soir vous en ferez l'essai, et vous aurez part aux bénéfices.
Mais voyons d'abord, sous quel titre
nous vous présenterons. Si vous étiez
plus âgé, je vous ferais chevalier de
Saint-Louis ; mais cela serait suspect.

— Comment! chevalier de Saint-
Louis?

— Oui, mon cher, c'est une déco-
ration respectable et que le Monar-
que n'accorde qu'à ceux qu'il en croit
dignes par leurs services et leurs vertus. Aussi tout le monde se ferait un
scrupule de suspecter la bonne foi d'un
homme revêtu des marques de l'estime
du Roi. La croix de Saint-Louis est
donc le meilleur masque que des gens

comme nous puissent prendre pour
fasciner les yeux et vider les poches
des imbéciles.

— Vous croyez donc qu'il est des
gens qui portent ce signe de la bra-
voure et de la loyauté, sans en avoir
le droit?

— Si je le crois! Moi qui en ai dis-
tribué plus de deux cents dans ma
vie! Tenez, vous avez dû remarquer
hier à notre table ce vieux chevalier
qui buvait comme un Templier, et
qui à lui seul faisait autant de bruit
que tous les autres ensemble? Je vais
vous faire en deux mots son histoire.
C'est le dernier rejeton d'une famille pauvre, mais ancienne. Ses parens ne pouvant rien lui donner,
le destinèrent à l'état ecclésiastique.

On lui fit faire ses études par charité ;
mais comme le petit bonhomme était
un assez mauvais sujet, il quitta la
soutane, et se livra avec toute la fou-
gue de la jeunesse à ses trois passions
favorites, le vin, le jeu et les femmes.
Il a fait tous les métiers : espion, co-
médien, imprimeur, gazetier, maître
d'école, chantre d'église, il a passé par
toutes les étamines ; aussi parle-t-il
de tout avec une assurance imperturbable. Il se maria, négligea sa femme,
la battit, mangea son bien et la quitta
pour vivre avec une jolie petite co-
quine qui vendait de l'amadoue sur
le pont de Rouen ; il en eut trois enfans qu'il fait passer aujourd'hui pour
des enfans légitimes. Chassé de ville
en ville pour sa crapule et sa mau-

vaise conduite, il est enfin venu se
fixer au rendez-vous général des hommes à talens et des chevaliers d'industrie. Il y a long-temps qu'il serait
mort de faim, ou à l'hôpital ou en
prison, si le dieu des escrocs ne fût
venu à son secours. Un intrigant,
comme on en voit tant à Paris, s'as-
socie deux ou trois faquins sans fortune et sans nom, fabrique avec eux
un plan, un projet qui doit leur rap-
porter des millions : il ne s'agit plus
que de le présenter au Roi, et d'obtenir son approbation. Mais il faudrait
pour cela quelqu'un de prépondé-
rant; on jette les yeux sur l'homme
en question, on lui propose la prési-
dence de la future administration,
la plus grande part dans les bénéfices,

la nomination à presque toutes les places, s'il a assez de crédit à la Cour pour faire adopter le projet. Notre homme, aussi vain, aussi glorieux qu'il est gueux, se redresse; il connaît toute la Cour, il fait sa partie avec les princes, il entre chez les ministres sans se faire annoncer; à l'entendre, il ne tiendrait qu'à lui d'être ministre lui-même; mais il déteste les charges, et s'il accepte celle-ci, c'est uniquement pour rendre service, pour faire des heureux. On lui remet le plan, la pétition au Roi, on signe un traité, et on se quitte enchanté les uns des autres. Notre homme, qui n'est pas tout-à-fait sot, voit bien que le projet qu'on le charge de présenter n'a pas le sens commun; mais il voit aussi tout le parti qu'il pourra tirer de cette aventure. Pour commencer, il fait ce que je vous ai conseillé, il prend un titre et des décorations. Son frère vit encore; qu'importe? un homme adroit sait hériter des vivans; en conséquence, notre mauvais sujet ne signe plus que *comte de****, *chevalier de Saint-Louis.* La requête est présentée au Roi, renvoyée aux ministres, et reléguée dans le carton des papiers inutiles. Mais le comte de nouvelle fabrique n'est pas muet; il proclame dans tous les cafés, dans tous les cabarets, où il ne rougit pas d'aller avec sa croix, qu'il est à la tête d'une vaste administration, et qu'il a des places à donner. Bientôt son obscur salon se remplit d'une foule de solliciteurs;

il inscrit tout le monde, il promet à
tout le monde, il ne rebute personne.
Qu'arrive-t-il ? les cadeaux viennent
de tous côtés; comme il promet des
places lucratives où l'on n'aura rien
à faire, et que Paris et les provinces
sont remplis de gens à qui de semblables places conviendraient parfaitement, c'est à qui suppliera M. le
comte de lui donner une petite place.
Le tailleur l'habille à neuf des pieds
à la tête, dans l'espoir d'être inspec-
teur; le marchand de vin remplit le
ventre et le buffet de M. le comte :
c'est pour lui que le pâtissier fait des
tourtes, le perruquier des perruques;
le cordonnier en chambre achète du
cuir à crédit pour lui faire des bot-
tes. Sa réputation s'étend bientôt jus-

qu'en province; chaque diligence, chaque messagerie contient un panier de gibier ou de volaille pour le futur président; déjà il tient table ouverte, et, malgré cela, il lui vient tant de gibier, de volaille et de provisions de toute espèce, que sa noble femme, qui n'a pas oublié son premier métier, vend elle-même le superflu pour en payer l'assaisonnement. Le comte, qui, huit jours auparavant, n'aurait pas trouvé pour deux sous de crédit, achète maintenant, sans craindre un refus, tout ce dont il a l'envie; qui oserait refuser un homme titré, décoré, qui va tous les jours chez le Roi et qui promet des places de dix et de quinze mille francs?

« Cependant, les jours, les semaines,

les mois se passent, et la signature
du Roi n'arrive pas. Les créanciers
se présentent, s'impatientent, mena-
cent ; le comte crie plus fort qu'eux
et les met à la porte. Les solliciteurs
commencent à regretter leurs cadeaux ; ils se font mutuellement des
confidences : les plus hardis vont aux
informations, ils apprennent que
M. le comte n'a jamais mis le pied à
la Cour. D'autres le désignent comme
un ivrogne que l'on a souvent ra-
massé dans les rues avec ses décorations ; des plaintes réitérées sont por-
tées à la police ; celle-ci, par égard
pour un ancien nom, se contente de
mettre dans les journaux le public en
garde contre des escroqueries qu'elle
désigne en cachant le nom de l'escroc.

Cette réticence donne encore quelque temps beau jeu au comte, qui soutient, à qui veut l'entendre, que l'avis de la police ne le regarde pas. Mais la confiance est perdue, les cadeaux ne viennent plus, les solliciteurs se retirent : il ne reste que les créanciers, gens fidèles qui n'abandonnent pas même les malheureux. Bientôt le comte perd tout, excepté son insolence et ses défauts ; la gargotte même lui est fermée faute d'argent ; le perruquier reprend sur sa tête et sur celle de sa noble concubine les perruques qui n'ont pas été payées ; le maudit tailleur pénètre jusque dans sa chambre à coucher, et lui emporte ses habits ; le bijoutier reprend sa croix de Saint-Louis, et le marchand de vin regrette de ne pouvoir lui faire rendre le vin qu'il a bu. Tout le monde est désabusé, le comte seul annonce hardiment que sous peu de jours il aura l'ordonnance du Roi. Il me rencontra dans un cabaret, lia conversation avec moi, me proposa une place, dans l'unique espérance de me faire payer son écot. « M. le comte, lui répondis-je, je connais votre affaire, et je suis si reconnaissant de l'offre que vous me faites, que je veux à mon tour vous en faire une autre, et qui vous offrira des avantages plus réels. » Je m'ouvris assez pour le sonder, pas assez pour le rendre maître de mon secret, dans le cas où il rejetterait ma proposition. Mais j'avais mal jugé mon homme : il vit

qu'il y avait du vin à boire , de l'argent à gagner, et dès le soir même,
il était un des membres les plus zélés
de notre société. Son nom, son âge
et sa croix de Saint-Louis nous ser-
vent à merveille, car malgré la publicité de sa prétendue administration, Paris est si grand, il y a tant de
sociétés différentes, que l'on peut
être à la fois conspué dans un quartier et respecté dans un autre.

« Je ne vous ai raconté cette histoire
un peu longue, que pour détruire
tous vos scrupules, si toutefois vous
en aviez encore. Ce qu'un noble a
fait, vous pouvez bien le faire, avec
d'autant plus de justice que vous ne
ferez qu'agir du droit de représailles;
on vous a enlevé vos possessions, il
faut les reconquérir.

—Permettez que je vous fasse seulement une légère objection ; sans doute votre société n'est pas composée des seuls hommes qui sachent, à Paris, corriger les caprices ou les torts de la fortune. Il doit y en avoir beaucoup d'autres aussi instruits que vous, et quand vous vous rencontrez à la même table de jeu, vous devez être un peu déroutés. Vous comprenez, *fin contre fin*.....

—Oh! je vous entends, mais ne craignez rien de ce côté-là, les loups ne se mangent pas, dit un autre proverbe. Tous les voleurs ne se connaissent-ils pas d'un bout de la France à l'autre? N'ont ils pas un *argot?* N'ont-ils pas des signes pour se reconnaître? Et croyez-vous que nous ayons, nous

autres grands joueurs, moins de prudence, moins de prévoyance que de
petits voleurs de mouchoirs? Non,
nous avons aussi nos signes de *reconnaissance*; avant de nous asseoir,
nous savons à qui nous avons à faire,
et vous serez initié dès aujourd'hui dans
tous nos secrets. »

Marclof n'avait plus d'objections
à faire; il avait été dupe, et devint fripon. Instruit par des maîtres consom-
més dans cet art infernal, il y fit bientôt des progrès rapides. Il sut aussi
bien qu'eux faire *sauter la coupe*,
filer une carte, substituer un jeu à un
autre, *piper* des dés, et mille autres
gentillesses semblables.

Il fut introduit dans des hôtels
magnifiques, dont l'intérieur annon-

çait l'aisance et le luxe, et dont les maîtres ne possédaient rien au monde que les revenus honteux du produit des cartes. Là se réunissaient des hommes et des femmes de toutes les conditions, et cependant tous étaient nobles. Pour tromper l'œil vigilant de la police, personne n'était admis qu'avec une invitation du maître ; une fête ou un festin servait de prétexte au jeu. Quelle galerie de portraits un observateur aurait pu faire dans ces bizarres et criminelles réunions ! Marclof vit des marquis qui n'étaient autre chose que des laquais qui avaient volé leurs maîtres, et venaient perdre en un coup de cartes ou de dés les sommes pour lesquelles ils avaient bravé la potence.

Il vit des intendans de grands
seigneurs qui, enrichis des dépouilles
de leurs maîtres insouciants, venaient
restituer au hasard ce qu'ils avaient
amassé avec tant de prudence.

Il vit des officiers-généraux laisser
sur le fatal tapis vert, en une seule
soirée, le butin qu'ils avaient fait en
deux ou trois campagnes. La couleur
rouge ou la couleur noire décidait à
quel aventurier obscur appartien-
draient le sang et les sueurs d'un peuple
réduit au désespoir.

Il vit des procureurs, prenant le
titre de magistrats, laisser entre les
mains d'un escroc les dépouilles de
vingt plaideurs. C'était un voleur qui
en dépouillait un autre.

Il vit des femmes qui faisaient sonner

bien haut leurs titres et leur vertu tant que la chance du jeu leur était favorable, et qui se mettaient à la disposition du premier joüeur heureux, pour un écu de six francs, quand elles avaient tout perdu.

Il vit d'autres femmes perdre en un instant la dot que leurs époux avaient péniblement acquise, pour marier une fille vertuéuse, à qui la passion coupable d'une mère insensée ne laissait pas même de quoi prendre le voile.

Il vit des fermiers-généraux, des usuriers, des hommes d'affaires, qui avaient pressuré le peuple par toutes sortes de violences, sacrifier en un instant tout l'or qu'ils avaient extorqué pièce à pièce : ils sortaient aussi pauvres que ceux qu'ils avaient ruinés, et

couraient en ruiner d'autres ; pour
avoir le plaisir de se ruiner encore.

Enfin si l'or qui se perdait dans ces
infâmes repaires, eût passé dans des
mains plus pures , on aurait pu
croire que c'étaient autant de palais
de vengeance, où la cupidité, le vol,
la violence et la mauvaise foi étaient
condamnés à subir une juste punition,
en voyant s'échapper de leurs mains
avides le fruit de tant de bassesses et
de crimes.

Marclof, sans tromper par un nom
emprunté, sans éblouir par des titres
de noblesse, sans se parer de décorations qui ne lui appartenaient pas,
n'en était pas moins accueilli dans
toutes ces sociétés , où , par une bizar-
rerie révoltante, un titre de noblesse

est exigé du vice le plus ignoble. Ses complices le faisaient passer pour un prince étranger, que des raisons d'Etat forçaient de garder le plus strict *incognito*. Il ne faisait rien pour accréditer cette fausse opinion, mais il ne faisait rien non plus pour la détruire : elle n'en prit que plus de consistance, et à la faveur d'une réputation faite à voix basse et à l'oreille, il eut accès partout où l'on jouait ; il put gagner des sommes immenses, dépouiller l'imprudent père de famille, avec toute la science infernale qu'on lui avait apprise ; on admirait quelquefois son bonheur, on l'enviait ; mais on était loin de soupçonner un escroc dans l'homme qui passait pour un prince.

2.   14

CHAPITRE XXIV.

Où ce qu'on a prévu arrive.

C'ÉTAIT bien dans toute la franchise de son cœur qu'Elise avait si souvent répété à ses parens, que si elle n'avait fait aucun progrès dans les arts et dans les sciences, la cause devait moins lui en être attribuée, qu'au dégoût qu'elle avait ressenti pour tous les maîtres qu'on lui avait donnés.

Autant elle avait toujours témoigné d'éloignement et de répugnance pour l'étude et le travail, autant elle y apportait de zèle, d'ardeur et d'assiduité depuis que le beau jeune homme était son guide dans la carrière des sciences.

Un mois s'était à peine écoulé qu'Elise, écolière docile et intelligente, lisait presqu'aussi bien que son maître ; son écriture, éloignée sans doute de la perfection, était très-lisible, et flattait la vue. Semblable à un convalescent, à qui une longue maladie avait ôté l'appétit, et qui maintenant ne peut plus se rassasier, Elise, long-temps dégoûtée de tout ce qui sert d'aliment à l'esprit, était devenue avide de connaissances; elle aurait voulu apprendre tout à la fois. La douceur et la patience de Charles l'enhardissaient à lui faire des questions sur tout ce qui l'embarrassait, sur tout ce qu'elle ne comprenait pas, et celui-ci y répondait avec la plus grande complaisance, et je dirais même avec plaisir, si la mé-

lancolie, toujours empreinte dans ses
traits, n'eût fait croire que le plaisir
lui était tout-à-fait étranger. Souvent
une saillie, une question ou une remarque naïve de la part d'Elise, amenait un sourire sur les lèvres de Charles;
mais ce sourire était involontaire, il
disparaissait aussitôt, un air sombre
et sérieux remplaçait cette lueur de
gaîté, et un profond soupir faisait évanouir la bonne humeur d'Elise.

Madame Clarenville s'était fait une
loi d'assister assidument aux leçons;
elle n'y manquait pas : mais elle avait
beau observer les manières de Charles
et ses discours, elle n'y trouvait rien
qui pût justifier les alarmes qu'elle
avait d'abord conçues. Soit l'effet naturel de l'étude et de la réflexion, soit

par toute autre cause secrète, Elise
devenait de jour en jour plus sérieuse,
plus circonspecte ; elle avait bien toujours la même franchise, la même
naïveté ; mais elle avait plus de rete-
nue , elle sentait mieux les convenances et la nécessité de réprimer ses
écarts d'ingénuité ; elle s'apercevait
que s'il faut toujours penser tout ce
que l'on dit, il est des cas où une jeune
personne surtout ne doit pas dire tout
ce qu'elle pense. Des lectures réglées
et choisies avec discernement ne con-
tribuaient pas peu à lui former le jugement et le goût. Cependant, comme
un historien fidèle doit la vérité toute
entière à ses lecteurs , nous devons
avouer un fait qu'Elise craint de s'a-
vouer à elle - même , c'est que l'idée fa-

vorable qu'elle avait conçue de Charles
au premier aspect, se fortifiait de plus
en plus, et avait fini par faire place
au sentiment le plus tendre. Elise aimait, et l'amour avait au moins autant de part à ses progrès qu'à son zèle
et son intelligence. Le maître le plus
indifférent jouit toujours du progrès
de ses élèves; Elise avait remarqué
sans peine combien les siens flattaient
M. Charles; elle redoublait d'efforts,
moins encore dans l'intention de s'instruire, que de plaire à son instituteur.
Quand en son absence elle avait pas-
sablement dessiné une fleur, elle courait avec joie la montrer à sa mère et
son refrain était ordinairement : « Regarde, maman, comme c'est bien fait ;
M. Charles sera bien content de moi,

n'est-ce pas ? » Parvenait-elle enfin, à force d'étude, à saisir un passage de musique qu'elle n'avait encore pu exécuter fidèlement, elle le répétait dix fois de suite, se levant en sautant de joie et en disant : Maman ! maman ! je le tiens ! je le tiens ! oh comme monsieur Charles sera content ?

M. Clarenville était ravi ; tous les jours il bénissait l'instant où le ciel lui avait fait dans cet estimable jeune homme un cadeau si précieux. Charles avec une rare intelligence s'était mis au fait de tout ce qui concerne le commerce des îles et leur culture ; c'était lui qui dirigeait maintenant toutes les affaires de M. Clarenville : il les avait mises dans l'état le plus florissant, et avait considérablement augmenté ses

bénéfices. Mais ce qui aux yeux de
Clarenville valait infiniment mieux
que tout cela, c'était l'instruction qu'il
donnait à sa fille chérie ; comme son
épouse, il avait gémi, long-temps de
son éducation négligée, et il aurait
volontiers sacrifié la moitié de sa fortune pour lui voir les talens qu'il lui
voyait maintenant acquérir à si peu
de frais. Loin de redouter pour sa
fille les suites que pouvait avoir pour
son jeune cœur la vue continuelle de
Charles, il désirait secrètement qu'une
inclination mutuelle se formât entre
eux ; la modestie, les talens, les vertus de son jeune ami, tout lui disait
que c'était là l'époux qu'il fallait à
Elise. Ce n'était pas le sentiment de
madame Clarenville ; elle admirait,

comme son epoux, les rares qualités
du jeune homme ; elle l'estimait, elle
l'aimait même, comme s'il eût été son
fils ; mais le mystère dont il enveloppait son nom et son origine, le silence
obstiné qu'il gardait sur ses parens et
sur tout ce qui avait précédé son arrivée à Saint-Domingue, lui inspiraient
une méfiance qu'elle cherchait en vain
à dissiper. Cette profonde mélancolie
dont la cause était impénétrable, ces
soupirs qui lui échappaient au sein du
repos et de l'abondance, lui causaient
une espèce de terreur. Quelquefois elle
pensait que le souvenir seul d'un grand
crime pouvait laisser des traces aussi
profondes ; elle frémissait à l'idée que
ce jeune homme, dont la conduite actuelle paraissait si noble, si irrépro-

chable, avait l'âme déchirée par les
remords. A la vérité, lorsqu'elle venait à regarder attentivement cette
figure noble et expressive, ces yeux
où se peignaient tant de bienveillance,
ce sourire, rare à la vérité, mais qui
était l'expression de la bonté même,
elle se reprochait le soupçon qui malgré elle venait l'accuser, tandis que,
malgré elle aussi, elle se sentait entraînée vers lui par un sentiment de
tendresse qu'elle ne pouvait définir.
Quelquefois elle ouvrait la bouche
pour lui demander la cause de son
chagrin ; mais se rappelant l'effet pénible qu'une question de cette nature
avait déjà produit une fois sur Charles,
et la défense de son époux, elle s'arrêtait tout-à-coup, et soupirait invo-

lontairement de ne pouvoir satisfaire
sa curiosité.

Sans cette réserve de Charles, jamais le moindre nuage n'aurait trou-
blé la sérénité qui régnait dans l'habitation de Clarenville ; mais elle portait une teinte de tristesse dans les
moindres plaisirs. Souvent, au milieu
des épanchemens de l'amitié, dans la
conversation la plus intéressante, un
mot, échappé sans dessein, portait l'effroi dans le cœur de Charles. Il tres-
saillait, il pâlissait ; ses yeux deve-
naient hagards : il semblait frappé de
la foudre ; alors ordinairement il se
levait avec précipitation, se couvrait
la figure de ses deux mains, et courait
s'enfermer quelques heures dans sa
chambre, ou s'enfuyait dans la cam-

pagne. Alors ses amis se regardaient
en silence ; on s'interrogeait ensuite
sur le mot qui avait donné lieu à ce
mouvement d'effroi; on repassait dans
sa mémoire tout ce qui avait été dit.
Elise et son père plaignaient le jeune
homme, se reprochaient d'avoir pu
l'affliger ; madame Clarenville bran-
lait la tête en disant : Quel mystère
singulier ! et retombait malgré elle
dans les soupçons qu'elle se gardait
bien toutefois de communiquer à son
époux, dont elle connaissait l'entière
confiance dans la vertu de son jeune
ami.

Quand Charles revenait, il ne paraissait pas se souvenir de ce qui s'é-
tait passé ; on ne lui faisait aucune
excuse, aucune question, et il s'en

trouvait plus à son aise. L'observateur
le plus habile aurait été fort embarrassé de dire si Charles sentait quelque inclination pour sa jeune élève : il
était à la vérité très-exact à se trouver
aux heures indiquées pour les leçons ;
mais il semblait plutôt se piquer de
remplir ce qu'il regardait comme un
devoir, que montrer l'empressement
du plaisir. Il abordait Elise sans trouble ; tout ce qu'il lui disait ne passait
pas les limites de la politesse ordinaire, et, chose inconcevable! si une
nuance de contentement paraissait sur
son visage, c'était ordinairement lorsqu'il la quittait. Quelquefois madame
Clarenville sortait momentanément
du salon, soit pour donner quelques
ordres, soit pour répondre à quel-

qu'un ; les yeux d'Elise alors ne pouvaient dissimuler la joie que lui causaient ces instans de liberté, tandis que
Charles au contraire devenait plus sérieux ; il semblait gêné, et ne se trouvait à son aise que lorsque madame
Clarenville était rentrée. On aurait
tort si on concluait de là qu'Elise nourrissait avec connaissance de cause une
passion dangereuse ou coupable ; non,
Elise croyait ne céder qu'aux sentimens vertueux de la reconnaissance ;
elle croyait ne pouvoir jamais assez
chérir celui qui avait porté la lumière
dans son âme, qui lui avait en quelque
sorte donné une nouvelle vie. A la
reconnaissance se joignait, il est vrai,
une admiration bien naturelle pour
les belles qualités de Charles ; mais

Elise n'étendait pas ses idées plus loin,
le mot d'amour même ne s'était pas
encore présenté à son esprit. On se
tromperait également si l'on croyait
que Charles eût ou de l'aversion ou de
l'indifférence pour Elise ; nous pouvons
affirmer qu'elle était pour lui maintenant l'objet qu'il chérît le plus dans le
monde ; mais une terreur involontaire
s'emparait de lui toutes les fois qu'il s'i-
maginait qu'on pouvait lire ce qui se
passait dans son cœur. Il se repliait
alors sur lui-même : son horrible secret
le faisait frémir ; craignant sa propre
faiblesse, craignant de s'oublier, il ne
se trouvait réellement soulagé qu'en
s'éloignant de celle qui commençait
à troubler ses sens et sa raison. De
là la crainte qu'il avait de se trouver

seul avec Elise ; de là l'expression
de contentement qui se manifestait
dans ses traits, lorsqu'il la quittait:
son secret lui restait, et son existence
entière était attachée à ce secret-là.

Il arriva cependant une circonstance qui aurait éclairé Elise sur ses
sentimens, si elle eût eu plus d'expérience, et si elle eût voulu sonder son
cœur. Une lettre, venue de la Guadeloupe, causa les plus vives alarmes
à M. Clarenville ; on l'avertissait qu'il
courait le danger de perdre une
somme considérable, par la mauvaise
foi de l'un de ses correspondans, s'il
ne se hâtait de venir promptement
lui-même, ou d'envoyer quelqu'un de
confiance , et assez intelligent pour
faire valoir ses droits, pendant qu'il

en était temps encore. Cette lettre
jeta Clarenville dans une pénible
perplexité ; son dernier voyage en
France lui avait été si fatal , que
l'idée de se remettre en mer , de
quitter encore une fois sa famille , lui
causait une espèce de répugnance
qu'il ne se sentait pas la force de
vaincre. D'un autre côté , il ne pouvait se résoudre non plus à perdre
une partie considérable de sa fortune ,
c'était celle de sa fille. Devait-il
compromettre ses intérêts par crainte
ou par négligence ? Il aurait bien
chargé Charles de cette commission ;
il lui connaissait assez de zèle et d'intelligence pour le remplacer avec
succès ; mais les leçons de Charles
étaient si utiles à Elise, qu'il se fai-

sait un scrupule de les interrompre.
Depuis plusieurs jours on ne s'occupait que de cette malheureuse
affaire , et Clarenville ne savait
encore à quoi se déterminer. Néanmoins il était urgent de prendre un
parti ; le moindre délai pouvait devenir funeste; un vaisseau devait faire
voile le lendemain pour la Guadeloupe , et si on laissait échapper cette
occasion , il y avait lieu de craindre
qu'on ne pût de long-temps en trouver
une semblable. Charles n'avait pas eu
de peine à démêler ce qui se passait
dans l'esprit de son respectable protecteur , et, malgré l'effroi que lui
causa d'abord l'idée d'être privé de la
vue d'Elise pendant plusieurs semaines , un motif secret , plus puis-

sant encore que l'envie d'obliger son protecteur, motif que nous ne dirons pas dans ce moment, l'obligea de faire une proposition que Clarenville fut enchanté de recevoir.

« Si vous avez assez de confiance dans mon attachement pour vous, lui dit Charles, et dans mes faibles lumières, je m'embarquerai demain, et j'espère terminer bientôt cette affaire à votre grande satisfaction.

— Ah! mon jeune ami, je n'osais vous le proposer ; mais je vous avoue que si mon épouse n'y trouve point d'objections, vous remplissez le vœu le plus ardent de mon cœur. Mais que deviendront les leçons pendant ce temps-là ?

— Oui, Monsieur, que deviendront

les leçons, interrompit Elise, avec la plus grande vivacité ; j'oublierai tout ce que j'ai appris, et quand vous reviendrez , vous me trouverez aussi ignorante que lorsque nous avons commencé.

— Non, Mademoiselle, non, vous n'oublierez rien si vous voulez suivre mes conseils. J'espère au contraire vous retrouver, à mon retour, plus avancée que je ne vous laisse.

— Oui ; croyez cela! je ferai de belles choses quand vous n'y serez pas!

— Vous emploirez les heures que nous prenions pour nos leçons, de la même manière qu'auparavant ; vous repasserez ce que vous avez appris.

— Je repasserai! et qui me dira quand je ferai mal? Je prendrai de mauvaises habitudes, et quand vous reviendrez, ce sera à recommencer comme si je ne savais rien. Vous aviez bien besoin de faire ce voyage-là!

— Elise, dit M. Clarenville, ce reproche n'est pas délicat; tu ne songes pas que c'est pour tes intérêts que notre ami entreprend un voyage pénible; c'est pour sauver une partie de ta fortune.

— De ma fortune! j'entends bien, mais il ne s'agit que d'argent dans tout cela: j'en aurai toujours assez de l'argent, au lieu que je ne puis jamais avoir assez de science. Vous m'avez dit cent fois que la science était la plus grande richesse. Tenez, vous avez beau dire, M. Charles pouvait se dispenser de partir.

— Je t'entends et te remercie, tu aimes mieux être privée de ton père, le voir exposé aux fatigues de la mer, quoiqu'elles soient déjà trop pénibles à mon âge, que de te priver de quelques leçons. Elise, je n'aurais pas cru cela de toi ! »

Vivement touchée de ce reproche, Elise se jeta au cou de son père, le serra dans ses bras, et versant un torrent de larmes : « Mon père ! quelle idée vous avez de moi ! Ah ! qu'il parte ; que je ne sache jamais rien, plutôt que de vous voir douter de ma tendresse ! » Ses sanglots la suffoquaient, et ce fut avec beaucoup de peine que son père et sa mère parvinrent enfin à la calmer. Que le cœur est ingénieux à se tromper ! Elise attribuait sa douleur au reproche de son père, et à l'interruption de ses études favorites. Hélas! la pauvre enfant pleurait; mais ces deux causes lui faisaient moins d'impression qu'une absence aussi imprévue, que la crainte des dangers auxquels Charles allait peut-être se trouver exposé.

Cependant, pour ne pas trahir le secret de son cœur, secret qu'elle ne s'avouait pas à elle-même, elle parut bientôt résignée à ce fatal départ, elle convint de sa nécessité; mais pendant que Charles et son père s'occupaient ensemble des préparatifs du voyage, Elise trompait sa douleur en communiquant à sa mère ses projets d'étude pendant l'absence de Charles.

—Ecoute, maman, lui disait-elle, je prendrai tous les jours ma leçon ordinaire, aux heures accoutumées et en ta présence ; tu as assisté à nos études, tu te souviendras bien des fautes que je faisais, n'est-ce pas ? Eh bien, quand tu t'apercevras que je manque encore, tu me diras : *Ce n'est pas cela, Mademoiselle, vous vous trompez.* Surtout, je t'en prie, n'oublie pas de me dire : *Mademoiselle, vous vous trompez.* C'est le seul moyen de me corriger.

— Ne faudrait-t-il pas aussi que je tâchasse d'imiter la voix et le regard de M. Charles ? Qu'en dis-tu ? Cela ferait bien plus d'effet. »

Elise rougit prodigieusement ; mais voulant cacher son trouble sous une apparence de légèreté : « Ah ! dit-elle, si tu pouvais réussir, cela ne gâterait rien, cela me ferait illusion, je croirais toujours que M. Charles est là, et tu sais que les écoliers ont toujours plus d'application devant leurs maîtres que devant leurs parens.

— D'où cela vient-il, ma fille ? Serait-ce par hasard que les écoliers aiment mieux leurs maîtres que leurs parens ? Cela serait assez singulier ! »

Elise rougit encore ; mais ne voulant pas répondre à cette insidieuse question, elle jugea à propos de l'éluder, et de se mettre à son *forté* pour finir la conversation.

Le reste de la journée se passa assez tristement de part et d'autre ; on parla peu ; et comme Charles

2. 16

devait partir dès le matin, on se sépara
de bonne heure. On croira facilement
qu'Elise, la tête et le cœur remplis
d'une séparation qui lui faisait tant
de peine, fut long-temps sans pouvoir
goûter les bienfaits du sommeil ;
mais à son âge la nature reprend
bientôt ses droits, et après avoir passé
quelques heures dans l'insomnie, un
profond sommeil vint enfin suspendre
ses craintes et sa douleur. Charles,
de son côté, n'était pas plus tranquille ; il lui en avait coûté de vio-
lens efforts pour prendre la résolution de se séparer pour quelque
temps de ce qu'il aimait le plus au
monde; mais il en avait senti la
nécessité, et la raison, l'austère raison avait triomphé de la faiblesse du
cœur.

CHAPITRE XXV.

Suite du précédent.

Il y avait déjà long-temps que le soleil brillait sur l'horizon, lorsqu'Elise s'éveilla. C'était le canon du port qui l'avait arrachée au sommeil. Elise sait que ce canon annonce un vaisseau qui part ou qui entre dans le port ; si c'était le bâtiment qui emporte son jeune maître ! Effrayée de ce doute, elle s'habille à la hâte et s'empresse de descendre. Sa mère était seule dans le salon. Elise tremblante n'ose l'interroger ; madame Clarenville, de son côté, garde le silence sur le seul objet qui intéresse sa fille ; elle s'informe de sa santé avec une tendre sollicitude ; Elise croit remarquer que sa mère l'embrasse avec plus d'effusion que de coutume. Cette remarque la remplit d'une mortelle inquiétude ; elle regarde autour d'elle ; ses yeux semblent chercher quelque chose, et s'arrêtent sur une table où elle aperçoit les débris d'un déjeûner. Alors elle n'a plus de doutes ; ses yeux se remplissent de larmes qu'elle voudrait en vain cacher. « Vous avez donc déjeûné sans moi, dit-elle d'un ton qui ne laissait aucun doute sur le sens qu'elle attachait à ces paroles ; et mon père, où est-il ?

— Il n'est pas encore revenu. Il est allé conduire son jeune ami jusqu'au vaisseau. C'est M. Charles lui-même qui s'est opposé à ce qu'on troublât ton sommeil, pour te faire des adieux qui sont toujours pénibles : il m'en a chargée. Maintenant, il est probablement en pleine mer ; car tu dois avoir entendu le signal du départ. Eh bien, qu'as-tu donc ? »

Elise n'en pouvait plus. Ne plus voir Charles de long-temps était déjà un assez grand sujet d'affliction pour elle ; mais l'idée qu'il était parti sans s'inquiéter d'elle , qu'il n'avait pas même voulu recevoir ses adieux , oh! cette idée lui faisait un mal... Ne voulant pas cependant montrer à sa mère toute la faiblesse de son cœur : « Ah ! lui dit - elle , pourquoi ne m'avez-vous pas fait éveiller ? Il m'ac-

cuse sans doute de paresse, d'ingra-
titude. Que sais-je moi tout ce qu'il
doit maintenant penser de moi? Je
vous assure que cela me contrarie
beaucoup.

—Tu as tort de t'affliger pour cela :
M. Charles sait bien que tu n'es pas
ingrate ; en évitant tes adieux , il a
voulu t'épargner un peu de chagrin,
et puisque tu tiens tant à l'opinion
qu'il peut avoir de toi, je veux bien
te dire, ma chère enfant, que tu lui
feras le plus grand plaisir en employant le temps de son absence ,
comme il te l'a recommandé. Ainsi
console-toi , déjeûne , et mets-toi à
l'ouvrage comme à l'ordinaire. »

Rien n'est plus facile que de donner
des conseils ; mais il n'est pas aussi

facile de les suivre, quand on est dans la douleur, ou qu'on est agité par quelque passion. Elise ressentait un dépit secret de ce que Charles avait pu se séparer d'elle sans la voir ; mais comme un dépit amoureux est la chose du monde la plus difficile à cacher, et celle que l'on cherche pourtant le plus à déguiser, Elise ne fit que de vains efforts pour paraître calme. Elle se mit à son *piano*; mais l'instrument n'était pas d'accord; elle voulut dessiner ; mais ses crayons ne valaient rien, ils se brisaient tous les uns après les autres. Sa mère lui conseilla de lire, et Elise se mit en devoir d'obéir, prit vingt ou trente livres les uns après les autres, sans pouvoir en trouver un qui lui convînt.

Elle ouvrit un Atlas, le feuilleta avec vivacité d'un bout à l'autre, et s'arrêta enfin, transportée de joie, sur une carte de l'Amérique. « Maman, s'écria-t-elle, tiens, voilà la Guadeloupe, et ici Saint-Domingue! Comme ces deux îles paraissent rapprochées sur la carte! Voyons, il faut que je prenne mon compas et que je mesure la distance. »

Dès lors et les jours qui suivirent, Elise ne quittait une occupation ou un plaisir, que pour voyager *sur la carte* de Saint-Domingue à la Guadeloupe, et de la Guadeloupe à Saint-Domingue. La géographie devint son étude favorite : elle ne se borna pas à mesurer les distances et la durée du trajet; elle s'appliqua surtout à con-

naître les vents qui pouvaient favoriser
ou contrarier la marche du vaisseau.
Quelquefois elle quittait tout pour
aller consulter la girouette, et son
humeur alors dépendait du vent qui
soufflait, comme on prétend que celle
de beaucoup de personnes dépend
de la lune. Le vent était-il favorable
pour le vaisseau qui portait son jeune
maître? O alors Elise était d'une
humeur charmante; la gaîté, l'enjouement ne la quittait pas; mais en
revanche, si le vent lui paraissait
contraire, on apercevait un changement subit dans son humeur et ses
manières; Elise était maussade, bou-
deuse et triste, au point de verser
des larmes, jusqu'à ce que le vent eût
encore une fois pris une autre direc-

tion. M. Clarenville souriait en devinant la cause qui produisait des effets si différens sur le jeune cœur de sa chère Élise; il voyait avec un plaisir qu'il ne se donnait pas la peine de dissimuler, l'intérêt qu'elle prenait à son jeune ami, il le trouvait lui-même si digne d'être aimé, qu'il lui paraissait très-naturel que sa fille ne pût défendre son cœur contre des qualités auxquelles il était si difficile de résister. Madame Clarenville, au contraire, tout en rendant justice intérieurement au mérite de Charles, ne pouvait se défendre d'une terreur secrète, toutes les fois qu'elle pensait au mystère, qui enveloppait la vie passée de ce jeune homme; elle frémissait à l'idée d'en faire l'époux de sa fille, et ses

alarmes augmentaient tous les jours
en découvrant les profondes racines
que l'amour avait déjà jetées dans le
cœur d'Elise. En vain celle-ci, qui se
livrait avec toute la confiance et l'a-
bandon de la simplicité aux sentimens que Charles lui inspirait, se
faisait-elle illusion à elle-même, en
attribuant à l'amour de la science,
l'inquiétude que lui causait l'absence
de son maître ; les yeux d'une mère
pénétrante ne voyaient que trop que
c'était l'amour du maître qui produisait ce grand amour de la science.
En effet, qui aurait pu s'y tromper ? Elise se trahissait dans tout
ce qu'elle faisait : elle avait pris du
goût pour la géographie ; mais le
monde entier était, pour elle, entre

Saint-Domingue et la Guadeloupe ,
tous les autres pays étaient dédaigneu-
sement négligés pour ces parages ;
tous les peuples de la terre l'intéres-
saient moins que le seul être dont ses
yeux suivaient la route dans ce coin
de mer. Souvent, il est vrai, Elise
quittait la géographie pour le dessin ;
mais dans cette étude on voyait encore le sentiment qui dominait chez
elle ; plus de fleurs, plus de paysages :
c'était la tête qu'elle voulait exclusivement dessiner ; la tête était ce que
l'on pouvait faire de mieux ; mais
qu'Elise dessinât la tête d'Apollon,
de Socrate ou de Minerve, on retrou-
vait partout les mêmes traits, le même
visage ; sous la main d'Elise, les personnages modernes, les héros et les

dieux de l'antiquité ressemblaient tous à Charles : ses traits étaient tellement gravés dans son cœur et dans sa mémoire , qu'ils se reproduisaient sans cesse sous les crayons d'Elise. Quittait-elle le dessin pour la musique , on aurait pu deviner d'avance ce qu'elle allait faire entendre ; c'étaient toujours les morceaux que Charles avait paru affectionner le plus , et ceux qu'il se plaisait à lui faire toucher le plus souvent. Les fautes qu'elle avait faites, elle prenait encore du plaisir à les faire , quoiqu'elle eût pu s'en dispenser ; mais alors madame Clarenville lui disait, comme Elise l'en avait priée : *Mademoiselle , vous vous trompez* ; et la folâtre Elise de rire et de dire : « Bien , maman, bien ! je

crois entendre M. Charles me reprendre : je vais profiter de ton avis;
écoute : c'est cela, n'est-ce pas? » Elle
recommençait alors le passage où elle
s'était trompée à dessein, et l'exécutait
avec justesse et précision.

Si le temps paraissait long à Elise
qui comptait les jours, du moins l'ennui ne venait plus comme autrefois,
lui faire un fardeau de son existence.
L'ennui ne l'approchait pas, les heures
s'écoulaient rapidement dans la culture des arts qu'elle avait acquis,
et sauf quelques soupirs involontaires
qui de temps en temps s'échappaient de sa poitrine, sauf la peine secrète qu'elle ressentait de l'absence
de Charles, Elise était heureuse, et
ses parens satisfaits; mais deux événe-

mens terribles vinrent bientôt plonger
cette famille vertueuse dans la désolation. Domingo, ce nègre favori de
toute la maison, dépérissait à vue
d'œil ; ses yeux avaient perdu tout leur
éclat, ses joues étaient creuses, une
affreuse maigreur avait diminué son
corps de moitié : il avait perdu ses
forces et l'appétit ; déjà il ne pouvait
plus se soutenir sur ses jambes affai-
blies, et bientôt il ne lui fut plus possible de quitter le lit. Ce qu'il y avait
d'extraordinaire dans sa situation, c'est
qu'il ne voulait pas convenir qu'il fût
malade ; il riait de voir le chagrin que
son état causait à ses maîtres, qui le
chérissaient beaucoup. « Je sais ce que
c'est, leur disait-il, je suis bien content,
je vais être heureux. » On aurait pu

croire que quelque chagrin inconnu
lui faisait envisager la mort comme
un bonheur, s'il n'eût souvent assuré
avec l'accent de la conviction qu'il
ne mourrait pas. Un médecin fut appelé; M. Clarenville aurait voulu à
tout prix sauver son nègre, qu'il regardait plutôt comme un ami que
comme un esclave; mais à toutes les
questions que lui fit le docteur, il ne
répondit autre chose sinon, que
l'esprit noir de la montagne lui
avait défendu de parler. Il ne fut pas
possible de tirer de lui d'autre ré-
ponse ; le médecin qui n'entendait
rien à cette maladie, lui administra
des remèdes au hasard; tous les secours de l'art furent sans succès, et
Domingo fut bientôt à l'article de la

mort. Voyant des larmes rouler dans les yeux de madame Clarenvile, qui était au chevet de son lit, il lui dit en souriant : « Ne pleure pas, bonne maîtresse, dans huit jours tu seras heureuse comme moi : dans huit jours, entends-tu ? et il rendit le dernier soupir.

— Dans huit jours, s'écria madame Clarenville, saisie d'effroi ! que veut-il dire ? demandez-lui ce qu'il entend par là. » Hélas ! on eut beau l'interroger, Domingo avait cessé de vivre : il emporta son secret fatal dans la tombe, et laissa sa maîtresse en proie aux plus mortelles inquiétudes.

Ce n'était pas sans raison que madame Clarenville avait été saisie d'effroi lorsqu'elle entendit les singulières paroles de Domingo mourant. Pendant sa maladie, elle l'avait souvent surpris, fixant sur elle des regards où se peignait quelque chose d'extraordinaire ; souvent il paraissait avoir quelque chose à lui dire ; mais au moment de parler, il s'arrêtait et se retirait avec précipitation, comme s'il eût craint de se trahir. Elle lui avait fait plusieurs fois des questions sur sa bizarre conduite, et toujours il avait répondu : l'esprit noir de la montagne ne veut pas que je parle. S'il n'y eût eu que cela, madame Clarenville aurait fini par croire que le pauvre Domingo avait l'esprit aliéné ; mais d'autres circonstances se réunissaient encore pour augmenter ses alarmes. Depuis quelque temps elle

sentait elle-même que sa santé s'affaiblissait ; quelquefois un feu dévorant
brûlait ses entrailles, sa tête s'appe-
santissait , et elle découvrait que
chaque jour son embonpoint dimi-
nuait. Madame Clarenville craignant
d'alarmer sa fille et son époux, leur
cachait son état avec le plus grand
soin ; elle connaissait toute leur tendresse pour elle , et aimait mieux
souffrir en silence, que de les effrayer
par des craintes qui au fond, pen-
sait-elle , pouvaient n'être que chi-
mériques. Mais la prédiction de Domingo , jointe à sa singulière maladie
et sa mort qui l'avait suivie , lui sembla
avoir quelque rapport avec les symptômes de maladie qu'elle ressentait,
et ces mots sur lesquels il avait ap-

puyé : dans huit jours tu seras heureuse comme moi! ces mots lui sem-
blèrent l'arrêt de sa mort, et la
glacèrent d'effroi. Mais le premier
mouvement passé, elle se reprocha
l'inquiétude qu'elle avait montrée ;
elle était trop loin de soupçonner
l'horrible vérité, pour s'arrêter à l'idée
que Domingo avait été capable d'at-
tenter à ses jours ; elle connaissait
son attachement et sa fidélité, un
semblable soupçon n'entra pas même
dans son cœur, et elle finit par se per-
suader que le nègre était depuis
long-temps en démence.

Cette mort imprévue et singulière
affligea beaucoup les maîtres de Domingo ; mais les regrets qu'ils en res-
sentaient firent bientôt place à des

craintes plus grandes. Soit que madame
Clarenville fût réellement plus affec-
tée des dernières paroles du nègre
qu'elle ne se l'avouait à elle-même,
soit par l'effet du poison qui coulait
dans ses veines, en peu de jours il se
fit un changement en elle qui jeta
l'épouvante dans le cœur de son époux
et d'Elise. Ses couleurs disparurent,
ses forces diminuèrent sensiblement,
et bientôt, malgré les efforts qu'elle
faisait pour cacher sa situation, il
fallut bien qu'elle avouât sa maladie
et sa langueur. On fit venir le médecin
qui avait soigné Domingo ; il inter-
rogea la malade, qui ne lui déguisa
rien de ce qu'elle ressentait ; mais
le docteur n'y comprenant rien, en
conclut que c'était une nouvelle ma-

ladie contagieuse qui s'était manifestée
à Saint-Domingue, et, fortement convaincu de la vérité de sa découverte,
il usa de toute son autorité pour
éloigner M. Clarenville du lit de la
malade, afin d'éviter la contagion.

Quelle nouvelle pour Elise ! Quel
coup de foudre pour Clarenville qui
chérissait tant son épouse ! Ni l'un ni
l'autre ne voulait obéir aux ordres du
docteur. Tous deux voulaient s'atta-
cher au lit de la malade, la soigner et
mourir avec elle, s'il le fallait. Dès
ce moment, le souvenir de Charles,
la douleur de son absence, l'étude,
tout fut oublié d'Elise, elle ne vit plus
que le danger de sa mère et la crainte
de la perdre. Elle guettait avec une
douloureuse anxiété le moment où le

médecin sortait de la chambre de la
malade, pour s'informer de ce qu'elle
avait à espérer ou à redouter, et s'attachait moins aux paroles du docteur
qu'à l'expression de sa physionomie,
pendant qu'il faisait ses réponses. Celui-ci épuisait toutes les formules or-
dinaires d'un charlatan qui entreprend
de guérir une maladie qu'il ne connaît
pas ; il faisait des réponses évasives et
ambiguës, il ne répondait de rien,
cependant tout n'était pas désespéré.
Hélas ! bientôt il ne resta plus le
moindre espoir ; le docteur, abusé ou
ignorant, venait d'assurer que madame
Clarenville jouissait d'un paisible
sommeil, il avait défendu de la troubler; il répondait sur sa tête de la
sauver, si elle dormait encore à son

retour. Il revint, madame Clarenville
était toujours dans le même état ; il
s'en réjouissait, lorsqu'après lui avoir
tâté le pouls, après l'avoir examinée
plus attentivement, il s'aperçut avec
surprise que ce sommeil si doux, si
bienfaisant ne devait jamais finir ;
madame Clarenville depuis plusieurs
heures avait cessé de vivre !!!

CHAPITRE XXVI.

On lève un coin du voile.

Marclof, que nous avons laissé à Paris, marchait à grands pas dans les sentiers tortueux du vice ; dépouillant sans scrupule et par des moyens infâmes toutes les dupes que le désir du gain amenait dans ses filets : il se vit bientôt plus riche qu'il n'avait été. Mais comme l'argent ne lui coûtait pas beaucoup de peines à acquérir, il le dépensait à pleines mains. Le temps qu'il n'employait pas au jeu, s'écoulait dans le sein de tous les plaisirs que la capitale offre toujours à ceux qui sont embarrassés de leur fortune. Aussi les dépenses qu'il faisait accréditaient-elles singulièrement l'opinion que ses compagnons d'escroquerie avaient donnée de lui. On croyait généralement dans toutes les sociétés qu'il fréquentait, que Marclof était d'un sang illustre, et qu'il cachait son rang, pour des raisons que l'on ne cherchait pas à approfondir : il n'y avait qu'un prince qui pût faire une aussi grande dépense, disait-on. Il y avait déjà une couple d'années que Marclof se livrait à son infâme industrie, sans que rien pût faire soupçonner les moyens dont il se servait pour corriger les caprices de la fortune. Son âme s'était endurcie, le remords lui était étranger, mais il ne laissait pas d'avoir des inquiétudes ; malgré toute son adresse, ses artifices pouvaient se découvrir, ses complices

pouvaient le trahir, car c'est le sort
des coquins d'être sans cesse obli-
gés de se méfier les uns des autres.
Mille fois effrayé de la possibilité d'être
découvert, il avait formé le projet de
quitter Paris et le jeu, de se retirer à
Nantes, et d'y vivre enfin, sinon en
honnête homme, du moins en repos,
et à l'abri des vicissitudes de la fortune. Mais quand on est une fois
engagé dans le vice, il est bien difficile de s'en retirer. Ainsi Marclof prenait la résolution de partir le lendemain, et tous les jours il trouvait
un nouveau prétexte pour rester : tantôt c'était une somme qu'il voulait
arrondir, tantôt quelque victime dont
il voulait consommer la ruine avant
de battre en retraite.

Parmi ceux que Marclof désirait le plus de dépouiller, était un homme de qualité que nous nommerons Dorval ; il avait épousé une femme charmante et vertueuse , qu'il chérissait tendrement. Trois enfans encore en bas âge avaient triplé pour lui les douceurs d'une si belle union! Dorval n'était pas joueur ; mais introduit dans quelques sociétés où l'on passerait pour un homme sans usage si l'on ne jouait pas, une fausse honte lui avait fait vaincre sa répugnance, et il était tombé entre les griffes de l'astucieux Marclof : celui-ci qui connaissait bien l'homme à qui il avait affaire, se fit un plaisir diabolique de lui laisser gagner dans le commencement quelques sommes peu considé-

rables, bien sûr qu'il les reprendrait
quand il le voudrait. Il savait bien
que ce sont presque toujours quelques
succès au jeu qui donnent naissance
à cette fatale passion et qui la nour-
rissent. Bientôt Dorval perdit non-
seulement ce qu'il avait gagné, mais
encore une assez forte somme. Il aurait
dû s'en tenir là ; mais l'envie de regagner ce qu'il avait perdu l'enfonça
de plus en plus dans le labyrinthe ; il
gagna quelques parties peu impor-
tantes, perdit celles dont le gain aurait pu le sauver, et s'embarrassa si
bien dans les filets dont le scélérat
Marclof l'avait enveloppé, que dans
une seule nuit, sa ruine fut complète.
Il avait fait emprunt sur emprunt pour
couvrir ses pertes, avait hypothéqué

tous ses biens, tout passa dans les mains de Marclof.

Dorval, ruiné de fond en comble, sortit du repaire infernal avec le désespoir dans l'âme, tandis que son bourreau se retira d'un air triomphant, emportant, sans éprouver le moindre regret, les dernières dépouilles de cinq malheureux qu'il venait de réduire à la mendicité. Enfermé dans sa chambre, il compte son or, le contemple avec délices, et frémit de colère en découvrant quelques pièces fausses dans le grand nombre de celles qu'il vient de voler. Le larron accuse l'honnête et malheureux Dorval d'avoir voulu le tromper, de lui avoir fait un larcin! A peine se donne-t-il le temps d'attendre que le jour paraisse, pour

aller l'accabler de reproches et le contraindre à lui donner d'autres pièces.
Il ne veut rien perdre, et dès le matin
il se rend chez Dorval. Il passe sans
dire où il va, monte à son appartement, frappe, et la porte lui est ouverte par la jeune épouse de Dorval.
Marclof, rempli de son objet, remarque à peine que cette femme est dans
l'affliction.

« Pardon, Madame, si je vous
dérange si matin; mais il est des choses
que l'on ne peut remettre, et celle
qui m'amène est de cette nature. Pou-
rais-je dire deux mots à M. Dorval? »

La jeune femme fait un mouvement
convulsif; mais se remettant bientôt,
elle semble recueillir toutes ses forces
pour répondre à Marclof.

« Vous voulez parler à M. Dorval?
il n'est visible pour personne.

— Madame, il faudra pourtant
bien qu'il le soit pour moi, son honneur y est intéressé, jugez-en vous-
même. J'ai joué hier avec lui, je l'ai
gagné loyalement, et il m'a donné des
pièces fausses. Oui, Madame, c'est
comme j'ai l'honneur de vous le dire,
j'ai reçu de lui de la fausse monnaie:
je pourrais le dénoncer, lui faire une
mauvaise affaire; mais outre que cela
me répugne, je vous avouerai que
j'aime encore mieux recevoir mon
argent, que de le perdre de réputation. »

Pendant que Marclof parlait, madame Dorval avait paru d'abord vio-
lemment agitée, elle paraissait méditer

quelque projet; mais Marclof, occupé
de son objet, ne vit dans l'agitation de
la jeune femme que la crainte d'une dé-
nonciation contre son époux, il en fut
encore bien plus persuadé lorsque
madame Dorval lui dit : « Oui, Monsieur, oui, il est juste que vous voyiez
mon époux; suivez-moi, je vais vous
introduire. Oui, il est juste, il est nécessaire que vous le voyiez, répéta-t-
elle avec force, venez! »

Marclof suivit la jeune femme en
silence : elle ouvrit une porte, fit signe
à Marclof d'entrer, il obéit. En voyant
un lit dont les rideaux étaient tirés, et
au silence qui régnait dans l'appartement, jugeant que Dorval était encore
livré au sommeil, il allait balbutier
quelques excuses et prier madame Dor-

2. 19

val de ne pas troubler le repos de son
époux, lorsque celle-ci ouvrant les
rideaux du lit avec une espèce de fureur, présenta aux yeux épouvantés
de Marclof un spectacle qui le fit re-
culer d'horreur. Sur le lit couvert de
sang était étendu le cadavre de Dorval
horriblement mutilé. Il avait la mâ-
choire fracassée et la partie supérieure
de la tête enlevée ; cet objet hideux,
et l'idée rapide que Dorval s'était
brûlé la cervelle, par le désespoir
que lui avaient causé ses pertes,
portèrent le trouble dans l'âme du
coupable Marclof. Il se sentait l'auteur de cette mort, et redoutant le
désespoir d'une épouse justement
irritée, il se disposait à sortir d'un lieu
où sa situation était on ne peut plus

embarrassante; mais l'infortunée madame Dorval, qui devina son intention, se jeta devant la porte, et lui bar-
rant le passage : « Bourreau, lui dit-
elle, repais tes yeux du sang de ta
victime! Regarde, monstre, contemple
ton ouvrage! Marclof détournait les
yeux; il voulut parler, les paroles
expirèrent sur ses lèvres; dans ce moment des cris aigus, partis de l'appartement voisin, vinrent encore augmenter sa frayeur. Madame Dorval,
rapide comme l'éclair, s'élance, ouvre
avec force la porte de l'appartement
d'où les cris se faisaient entendre :
« Mes enfans, s'écria-t-elle, venez, venez maudire l'assassin de votre père! »

Les enfans entrèrent en poussant
des cris douloureux, et appelant à

grands cris leur père : « Votre père,
leur disait cette malheureuse mère,
vous n'avez plus de père ; demandez-
le à ce tigre qui l'a dépouillé, qui
vous a condamnés aux larmes et à la
misère ; le voilà, c'est lui qui l'a as-
sassiné !.... »

Qu'on juge de la situation de Marclof ! Comme il maudissait intérieurement le vil motif de cupidité qui
l'avait entraîné sur cette scène de désolation ! Il ne savait quelle contenance tenir ; heureusement pour lui
que madame Dorval, épuisée par tant
d'émotions pénibles, sentit tout-à-coup
ses forces s'affaiblir ; elle tomba sans
connaissance au milieu des cris re-
doublés de ses enfans, qui la croyant
morte, ne mirent plus de bornes à

l'expression de leur douleur. Les femmes et les domestiques, attirés par ce tumulte, accoururent et s'empressèrent autour de leur maîtresse sans faire attention à Marclof, qui se hâtant de mettre à profit ce moment de trouble, sortit de la chambre et s'éloigna à grands pas d'une maison où il avait porté le désespoir et la mort.

Quand il fut dans la rue, il commença seulement à respirer; mais alors aussi il se mit à réfléchir sur les suites que cette malheureuse affaire devait avoir pour lui. Dorval était connu; sa ruine, sa mort devaient bientôt occuper toutes les bouches de la renommée; les plaintes de madame Dorval ne pouvaient manquer d'attirer l'attention sur Marclof; il jugea que de long-temps il ne pouvai tparaître sur différens théâtres de ses exploits, sans être l'objet de toutes les conversations, des observations malignes, et peut-être d'une surveillance particulière; et comme il était assez riche pour pouvoir se passer long-temps d'avoir recours au jeu, il résolut de ne pas rester un jour de plus à Paris, et de se retirer à Nantes, au moins jusqu'à ce que le bruit de cette aventure fût entièrement oublié.

Son projet fut aussitôt exécuté que conçu. En moins d'une heure, il était hors de Paris et sur la route de Nantes. A mesure qu'il s'éloignait de la capitale, le souvenir de la scène épouvantable dont il avait été l'acteur et

le témoin, s'affaiblissait dans son esprit; une passion, que celle du jeu
n'avait fait qu'assoupir, se réveillait
dans son cœur avec de nouvelles forces,
c'était le désir de se venger de Julie
qui avait refusé sa main, et de Clarenville son heureux rival. Il arriva
à Nantes sans avoir adopté aucun
projet; mais convaincu de la nécessité d'employer la plus profonde dis-
simulation, pour écarter de lui tous
les soupçons, lorsque le hasard ou la
méchanceté lui-auraient offert le
moyen de se venger.

Comme ceux qui connaissaient Marclof, à Nantes, étaient habitués à le
voir souvent voyager de cette ville
à Paris et de Paris à Nantes, son
retour inopiné ne leur causa aucune

surprise. On le vit, comme à l'ordinaire, fréquenter assidûment les
églises et faire du bien aux pauvres.
Ses discours respiraient la religion,
la probité et la vertu, et l'ennemi
le plus acharné aurait eu de la peine
à trouver un côté faible pour attaquer
sa réputation. Parlait-on de Julie et
de son époux, dont il avait juré la
ruine? personne n'en faisait un éloge
aussi pompeux que Marclof; il renché-
rissait sur les louanges que l'on pro-
diguait à leurs bonnes qualités et à
leur tendresse mutuelle; en un mot,
la conduite et les discours de Marclof avaient persuadé tout le monde
que si Julie était heureuse avec Clarenville, son bonheur aurait été encore plus grand avec Marclof, avec

un homme qui savait si bien l'apprécier.

Les deux couples furent eux-mêmes abusés par tant d'hypocrisie ; ils crurent qu'il était de leur devoir de faire quelques avances à un parent qui, ayant quelque sujet de se plaindre d'eux, ne se vengeait du refus qu'il avait reçu et du tort qu'on lui avait fait, que par des témoignages publics d'estime et de générosité : ils lui firent donc quelques visites, et l'engagèrent à venir les voir : c'était ce que demandait Marclof : il brûlait d'être introduit dans la maison des deux frères; mais il se gardait bien d'en manifester le désir : il voulait ne paraître céder qu'à de pressantes sollicitations, pour écarter de lui, pour l'avenir, toute intention suspecte. Il se rendit donc enfin aux invitations réitérées des deux Clarenville, et fut reçu par leurs épouses et par eux avec une franchise et une cordialité, qui dans tout autre cœur que le sien, auraient dû étouffer tout sentiment haineux, toute idée de nuire, mais qui ne firent que fortifier dans son âme le désir de la vengeance. Bientôt il ne quitta presque plus la maison ; mais c'était moins par le plaisir qu'il y éprouvait, que dans le dessein d'être constamment à portée des occasions que le hasard lui présenterait, pour assouvir sa soif de vengeance et pour mieux observer de quel côté il porterait les coups les plus sensibles.

Il ne fut pas long-temps à reconnaître que la plus grande félicité des quatre époux reposait dans l'amour qu'ils avaient pour leur deux enfans. Il voyait avec une rage concentrée la tendresse que chacune des deux mères ressentait pour l'enfant de l'autre autant que pour le sien propre; chaque caresse qu'il voyait prodiguer à ces innocentes créatures, était un coup de poignard pour lui; bientôt toute sa haine se concentra sur ces deux gages de la plus belle union, et leur perte fut résolue. Mais avec quel art perfide le monstre cachait ses projets! Ces deux enfans, dont il méditait la ruine, étaient ostensiblement les objets continuels de sa tendresse et de son admiration; personne ne les caressait plus que lui, personne ne leur donnait plus d'éloges.

Leur perte, comme je vous l'ai dit,
était résolue ; mais Marclof, qui ne
voulait pas se compromettre, fut long-
temps à méditer quels moyens il em-
ploierait pour exécuter son atroce
dessein ; ces enfans, objets continuels
des soins de leur mère, étaient toujours ou sous les yeux d'une d'elles, et
plus souvent de toutes deux. Déjà il
désespérait de venir à bout de ses fins ;
lorsque le hasard, qui protège aussi
souvent le scélérat que l'homme de
bien, vint à son secours. Une occasion lui fut offerte pour se venger
avec impunité, il en profita sur-le-
champ. On a vu de quelle manière
épouvantable des brigands mis en
œuvre par Marclof, avaient exécuté
ce projet infernal. L'un des enfans

périt dans les eaux de la Loire avec
la malheureuse Julie ; l'autre fut enlevé, et un voile impénétrable, même
aux yeux de Marclof, couvrit pendant
de longues années le sort de cet enfant. Nous n'avons levé qu'un coin du
voile, en faisant connaître l'auteur de
cet affreux complot ; quand il en sera
tems nous le soulèverons tout entier ;
mais dans ce moment, il me tarde de
retourner à Saint-Domingue, où d'autres scènes nous attendent.

~~~~~~~~~~~~~~~~~~~~~~~~~~~~~~~~~~~~~~

CHAPITRE XXVII.

Les deux Consolateurs.

LE crime était consommé, l'instrument et la victime étaient dans la tombe, et l'auteur du double crime, étranger aux remords et au repentir, s'applaudissait en secret de s'être débarasssé d'une mère incommode, et l'infâme Durivage attendait avec la plus grande impatience le moment où il pourrait présenter son front d'airain dans une maison où il venait de semer le deuil et le désespoir. Ses désirs effrénés ne souffraient point de délais, et il fallut toute l'astucieuse logique et même les menaces de Vé-

ronica, pour l'empêcher de faire une
démarche, dont la précipitation pouvait lui faire perdre le fruit qu'il es-
pérait de son crime.

Madame Clarenville était ce qu'on
appelle vulgairement une excellente
femme, une bonne épouse. On a vu
que toutes ses affections étaient con-
centrées sur son époux, qu'elle chérissait au-delà de toute expression,
et sur sa fille qu'elle aimait, pour ainsi
dire, avec la plus grande faiblesse. S'il
est peu de femmes qui chérissent leur
époux avec autant d'ardeur et de constance que madame Clarenville, il
n'est en revanche que trop de mères
qui lui ressemblent dans la manière
d'aimer leurs enfans. Incapable de
contredire ouvertement sa fille, elle

se contentait de gémir en secret, quand
Elise ne répondait pas à ses vœux ;
elle sentait vivement les avantages
de l'instruction, et jamais elle n'eut
le courage de causer à sa fille le
moindre chagrin, quand celle-ci montrait de la répugnance pour en acquérir. Heureusement qu'Élise était née
avec de bonnes dispositions ; sans cela
il eût été à craindre que la faiblesse de ses parens n'eût servi qu'à
donner de la force et de l'accroisse-
ment à ses défauts : elle fut préservée
de ce malheur par la nature qui l'a-
vait richement douée, et par les circonstances qui favorisèrent un germe
qui ne demandait qu'à se développer.
L'amour éclaira son âme, elle rougit
de son ignorance ; l'amour guida ses

premiers efforts, et put s'en attribuer
tout le succès.

Les premiers jours qui suivirent
la mort inattendue de madame Clarenville furent affreux. Je n'essaierai
point de peindre la désolation que
cette terrible catastrophe fit régner
dans ce séjour, où naguères on jouissait d'un bonheur si paisible. M. Clarenville fut long-temps inconsolable :
la perte qu'il venait de faire mettait
le comble à ses infortunes; elle lui
rappelait le souvenir cruel de son
premier enfant, enlevé à sa tendresse
d'une manière si extraordinaire. l'as-
sassinat de son malheureux frère, si
horriblement massacré, au moment
même où il volait pour le serrer contre son cœur; il songeait en frémis-

sant aux poursuites qui avaient été
dirigées contre lui, et aux soupçons
ignominieux qui avaient failli lui ravir
la réputation et la vie. Accablé par
tant de coups, il murmura contre la
Providence, sa raison se troubla, il
se regarda comme l'objet du céleste
courroux, et finit par croire que sa
fille, le dernier lien qui l'attachait
encore à la vie, lui serait également
arrachée, comme l'avaient été tous les
objets de ses affections. Ces pensées,
ces terreurs réunies, en portant le
trouble dans son âme, attaquèrent
bientôt sa santé, et la malheureuse
Elise venait à peine de perdre sa
mère, qu'elle trembla pour son père.
Elle montra dans cette occasion un
courage et une prudence qu'on n'au-

rait pas soupçonnés dans un caractère
qui semblait si léger. Elle sentit que
le siége de la maladie de son père
étant dans son âme, elle aggraverait
indubitablement son état, en lui faisant voir sa propre affliction. Elle
eut donc assez de courage pour arrêter, au moins en sa présence, les
larmes qui coulaient sur la tombe de
sa mère. Elle s'attacha à son lit, af-
fecta de lui montrer un visage serein
et même une gaité qu'elle était loin
de sentir, et parvint plus d'une fois
par ses saillies à provoquer un sourire sur les lèvres du malade. Les
tendres caresses d'une fille qu'il chérissait, le temps et sa bonne consti-
tution, triomphèrent peu à peu de
la maladie ; bientôt il fut en état de

réfléchir; il admira le courage d'E-
lise, et rougit intérieurement d'avoir
reçu d'un enfant l'exemple de la ré-
signation, qu'il était de son devoir
de lui donner, et comme homme, et
comme père. Il pensa qu'il n'était
pas encore tout-à-fait malheureux,
puisqu'il lui restait une fille si tendre
et si vertueuse, et s'encouragea dans
la résolution de surmonter la douleur de ses pertes, pour la conser-
vation du trésor qu'il possédait encore. Cette résolution prenant plus
de forces de jour en jour, il en fut
récompensé par le recouvrement
de sa santé et de sa raison. Elise vit
le rétablissement de son père avec
un plaisir inexprimable, et, par une
bizarrrie du cœur humain, elle fut

satisfaite de pouvoir à son tour se livrer sans contrainte aux charmes de
sa douleur. M. Clarenville, surpris
et affligé de ce changement dans la
conduite d'Elise, fut obligé d'offrir
à sa fille les motifs de consolation
qu'elle-même lui avait si souvent
présentés. Mais que leur situation
était différente! Sans doute la mort de
sa mère avait la plus forte part dans le
chagrin d'Elise; mais un autre motif
qu'elle n'avouait pas, qu'elle ignorait
peut-être, rendait inutiles toutes les con-
solations qu'on pouvait lui offrir. On
n'oublie pas la mort d'une personne chérie, mais il est un terme aux larmes
qu'elle fait verser. Plusieurs mois s'é-
taient écoulés depuis la mort de madame Clarenville, et il ne se passait

pas un jour sans qu'Elise fût obligée
de se soustraire aux regards de son père
pour répandre en liberté les pleurs
qui, malgré elle, humectaient ses
beaux yeux. Il y avait donc un autre
motif pour pleurer si long-temps?
Eh! sans doute : c'était l'absence prolongée de Charles qui perpétuait les
larmes d'Elise, presqu'à son insu.
L'affaire qui l'avait appelé à la Guadeloupe présentait des difficultés, il
y avait une procédure à suivre, des
arrangemens à prendre, pour sauver
de grosses sommes des mains d'un
débiteur d'une probité équivoque,
et il avait mandé qu'il ne prévoyait
pas encore le terme de son retour.
Cette nouvelle avait extrêmement
affligé Elise; le temps maintenant

lui paraissait insupportable, d'autant plus qu'elle négligeait totalement les moyens de distraction qu'elle avait acquis avec le beau jeune homme. Charles n'était plus là pour guider ses pinceaux, pour lui faire admirer les plus beaux passages d'un morcéau de musique, et l'absence du peintre et du musicien lui servait de prétexte pour abandonner la peinture et la musique.

Elle ne les abandonnait pourtant pas tout-à-fait; quelquefois elle se mettait au forté-piano, elle essayait d'exécuter quelqu'un de ces morceaux qu'elle avait eu tant de plaisir à répéter, en présence de sa mère, avec Charles. Mais arrivée à quelque passage difficile, elle s'arrêtait malgré elle, il lui semblait que Charles allait l'interrompre pour lui dire : Vous vous trompez, Mademoiselle! Ou que sa mère lui disait ces paroles en imitant la voix de Charles, mais personne ne parlait ; la vibration prolongée des cordes troublant seule le silence qui régnait dans le salon, elle jetait les yeux sur la place que sa mère occupait ordinairement, et la trouvant vuide, elle se sentait suffoquée et donnait alors un libre cours à ses larmes. Quelquefois aussi elle prenait ses pinceaux pour copier une figure ou un paysage; ses yeux se portaient machinalement sur son modèle comme pour tâcher de l'imiter, mais ce n'était qu'une habitude des sens; elle le regardait sans le voir, et quand elle examinait sérieusement son ouvrage, il se trouvait que la figure du Grec ou du Romain qu'elle avait voulu dessiner, avait pris sous ses crayons les traits de Charles, ou bien que le paysage qu'elle devait copier ressemblait au bosquet de citronniers où, pour la première fois, elle avait entendu ces accens si touchans et qui avaient fait une si profonde impression sur son cœur. C'est ainsi que le souvenir et l'absence de Charles faisaient souvent couler des pleurs qu'elle ne croyait verser que sur le sort de sa mère.

M. Clarenville, de son côté, quoiqu'accablé d'un chagrin moins violent, portait au fond de son âme une sombre mélancolie que rien ne pou-

vait adoucir. La douleur est communi-
cative, il semble que les chagrins
que l'on confie à un ami deviennent
moins cuisans, la pitié qu'on inspire
est un baume souverain contre les
blessures du cœur. Mais cette consolation manquait à M. Clarenville, et
lui faisait vivement désirer le retour
de Charles; il eût volontiers fait l'a-
bandon des sommes qu'il était chargé
de recouvrer, pour avoir le plaisir
de l'entretenirde sa douleur. Sa situation était d'autant plus pénible,
qu'il était obligé de faire des efforts
continuels pour déguiser aux yeux
de sa fille la douleur qui le minait;
il craignait d'augmenter ses chagrins
par le spectacle de ses propres regrets,
et souvent il affectait un calme et

une gaîté qui étaient bien loin de
son cœur. Ainsi ces deux êtres qui
se chérissaient tant, se fuyaient mutuellement, et tous deux par le même
motif, chacun des deux craignait d'affliger l'autre.

Ce fut donc avec un véritable plaisir
que Clarenville vit un jour entrer
Durivage, de retour de son prétendu
voyage. On était à table, Clarenville
se leva, fit un cri de joie et l'embrassa
à plusieurs reprises, comme un ami
dont on a long-temps regretté l'absence. Elise tressaillit malgré elle en
le voyant entrer. Elle était tentée de
prendre la fuite comme elle l'avait fait
précédemment; mais elle sentit promptement tout ce qu'une pareille conduite aurait d'inconvénant dans la

circonstance actuelle, et elle ne voulut
pas mêler d'amertume le seul moment
de plaisir que son père goûtait depuis
la mort de madame Clarenville ; elle
resta, et fut même assez maîtresse
d'elle-même pour lui rendre son salut
et lui offrir un siége. D'ailleurs, depuis
la mort de sa mère, Elise s'était mise
à la tête du ménage, et sa présence
était indispensable. Mais elle ne put
prendre sur elle de se mêler à la
conversation et d'adresser la parole
à cet homme dont l'aspect lui inspirait toujours une secrète terreur dont
elle ne pouvait trouver la cause. Soit
que Durivage eût long-temps étudié
son rôle, soit le contentement que lui
donnait la présence d'Elise, à laquelle
il était bien loin de s'attendre, il

ne dit rien qui pût justifier la prévention d'Elise; il témoigna si natu-
rellement le chagrin qu'il ressentait
de la mort de madame Clarenville;
il joua la douleur et la surprise avec
tant d'art, que Clarenville et sa fille
furent complétement dupes de son hypocrisie: il pleura avec eux, fit l'éloge
de la défunte, et de là passant à la
malheureuse fin de Robert Clarenville,
son affliction parut si grande, que
Clarenville lui-même se vit obligé
de le consoler. Ce dernier, enchanté
de retrouver enfin quelqu'un qui par-
tageât sa douleur, et avec lequel il
pût s'entretenir librement de son
bien-aimé frère, sollicita vivement
Durivage de venir souvent le voir.
Une semblable prière flattait trop

agréablement Durivage, pour qu'il
ne s'empressât pas d'y souscrire, et
il sortit enfin, après avoir promis ce
qu'il aurait sollicité comme une
grâce, si l'on n'eût pas prévenu ses
désirs.

Quand il fut parti, Elise se sentit
encore une fois soulagée; quoiqu'elle
n'eût pas de raisons pour douter de
la sincérité de Durivage, sa première
prévention subsistait encore; elle se
la reprochait, à la vérité, comme une
injustice; mais tous les raisonnemens
qu'elle faisait intérieurement pour la
vaincre, venaient échouer contre le
pressentiment que cet homme lui serait funeste. Toutefois elle se garda
bien de communiquer cette idée à son
père : il était trop enthousiasmé de

son consolateur; aux éloges qu'il en
fit, après son départ, Elise n'eut pas
de peine à concevoir qu'elle serait
fort mal reçue en cherchant à détruire
l'idée favorable qu'il en avait; elle
n'en sentit que plus vivement la perte
de sa mère, elle avait l'habitude de
lui confier ses plus secrettes pensées,
et elle s'était aperçue plus d'une fois
que cette tendre mère n'était pas
loin de partager l'opinion de sa fille
sur Durivage.

FIN DU SECOND VOLUME.